集英社オレンジ文庫

時をかける眼鏡

王の決意と家臣の初恋

椹野道流

JN178003

本書は書き下ろしです。

時をかける眼鏡

王の決意と家臣の初恋

Toki wo kakeru Megane

Characters

西《さい》條《じょう》遊《あす》馬《ま》

現代からこの世界に呼び寄せられた医学生。
母がマーキス島出身、父は日本人。

クリストファー・フォークナー

ロデリックの補佐官で、
鷹匠も務めている。

ロデリック

マーキス王国の皇太子として育つ。
父王の死により、国王になったばかり。

フランシス

ロデリックとは母が違う、第二王子。
現在は宰相として兄を補佐する。

ヴィクトリア

フランシスと同母の第三王子だが、
姫として育つ。

ジョアン

ポートギース国の王。

キャスリーン

ジョアンの娘。

イラスト／南野ましろ

Contents

一章　国を挙げての大勝負

晴れ渡った空を、ふんわりした真っ白の雲がゆっくりと流れていく。

高地であるせいか、やけに近く見えるその雲を見上げ、西條《さいじょう》　遊馬《あすま》は思わず呟《つぶや》いた。

「シュークリーム……食べたいな」

かつては、どこのコンビニエンスストアでも簡単に手に入れられたスイーツが、今はどんなに望んでも決して口に入らない、渇望《かつぼう》の対象と化してしまった。

あの風味豊かな甘味がここにあれば、ここしばらく続いた肉体労働でヘトヘトの身体《からだ》が、どれほど喜ぶだろう。

何の躊躇《ちゅうちょ》もなく、大きなシュークリームにがぶりと齧《かじ》りついて、ふにゃんとした頼りない皮と、口じゅうにまとわりつくような甘い、卵の風味豊かなカスタードクリームを満喫《まんきつ》したい。

「うう……つらい」

うっかり具体的に思い出してしまったせいで、たちまち口じゅうに溢《あふ》れた生唾《なまつば》を、遊馬は虚《むな》しく飲み下した。

（自分が贅沢《ぜいたく》な環境で暮らしてたってことは、そうじゃない生活を送るようになって初めてわかるんだよなあ。失うまではその価値に気づけないって、真理だよね）

眼鏡《めがね》を外した彼は、ざっくりした織りの麻シャツの裾《すそ》でレンズを拭きながら、そんなことを思った。

眼鏡を掛け直し、視線を空から足元に移す。

春が来たとはいえ、そこここに雪が残っていて、まだ十分に寒い。

シャツの上には分厚い毛織りのチュニックを着込み、羊の毛皮……いわゆるムートンのもこもこしたチョッキを着ているので、衣服の重さだけでもけっこう肩が凝《こ》る。

同じ毛皮を、膝から下を覆《おお》うようにブーツの上からゲートルのように巻き付け、ぐるぐる革紐《かわひも》で巻き付けてあるので、まるで子供の頃の絵本で見た、北国の狩人《かりゅうど》のようだ。

「ううーん」

遊馬は両手を思いきり挙げて伸びをしてから、右腕をぐるんぐるん回した。

彼が現代日本からこの異世界に来て、もう一年以上になる。

最初こそ彼の都合などお構いなしの強制連行、もとい召喚だったが、一度は無事に帰還を果たしたにもかかわらず、彼は自分の意志でこの世界に舞い戻ってきた。

こちらの世界で確かな絆《きずな》を結んだ仲間たちが危機に陥《おちい》っているというのに、何もかもなかったことにして元の世界で平穏な生活に戻ることなど、遊馬にはできなかったのだ。

つまり、今の遊馬は「好きでここにいる」ことになるのだが、そうは言っても、やはり時には元いた世界が恋しくなる。

不便よりは、やはり便利なほうがいい。

それが、遊馬の偽らざる本音だ。

生活面での不自由はそれなりに慣れて適応することができるし、テレビやインターネットといった気軽な娯楽《ごらく》の手段が存在しないことにも、まずまず耐えられる。

幸い、母親がマーキス人だったおかげでマーキス語は読めるし、ポートギースで話される言葉もマーキス語と極めて近く、むしろマーキス語より気取ったところがない分、遊馬が知っていた現代マーキス語に近い。

そんなわけで、こちらの世界でも、読書だけは不自由がないのが、何よりの救いだ。

あまり自由時間はないが、それでもポートギースに来てから、城のささやかな図書室にあった物語の本を数冊、遊馬は既に読破している。

しかし食べ物には、どうしても不満が生じてしまう。

特に嗜好品《しこうひん》のたぐいや、醤油《しょうゆ》やみりんといった和食の調味料がまったく存在しない食生活は、現代っ子の遊馬にはどうにも味気なく、寂しく感じられてならない。

「シュークリーム……。できたら、でっかくて、皮は香ばしいけどあんまり主張しすぎないタイプがいい。でもって、甘すぎない軽い食感のカスタードクリームが、齧ったら反対側から零《こぼ》れるくらいしっかり詰まってる奴がいいな。ああ……食べたい。いやもう、どんな奴でもいいや。食べたい。一つでいいから。ううん、いっそ一口でもいい」

具体的に想像し始めるとたまらなくなって、その辺りを奇声を上げながら走り回りたくなる。

今なら、どんな安物のシュークリームでも、涙を流さんばかりに大喜びで食べるだろう。

「アスマ様？」

遊馬がそんな切ない考えを巡らせていると、涼やかな声が背後から遊馬を呼んだ。

振り返ると、そこには籐《とう》編みのバスケットを提げた小柄な少女がいる。

「やあ、マージョリー」

遊馬が名を呼ぶと、少女は大人しそうな顔にちょっと悪戯《いたずら》っぽい微笑を浮かべ、バスケットを軽く持ち上げてみせた。

「お疲れ様です。せっかくの晴れの日ですから、手の空いた女性たちで手分けして、作業中の皆様にお祝いのお菓子を配って歩いているんです。アスマ様にも……と思いましたが、どうやらぼんやりお空を見上げて怠《なま》けていらっしゃったご様子。お菓子は、なしにしましょうか」

「ちょっと、ま、待って。空を見てたのは、ついさっきからだって！　一瞬休憩してただけで、ずっと真面目《まじめ》に働いてたよ。ほらっ」

遊馬は慌てて、両手に嵌《は》めていたやや大きすぎる革手袋を外し、手のひらを少女に見せた。

体格が小さめなので、男性としては決して大きくない遊馬の手のひらには、指の付け根部分に固いまめが並んでいる。

元の世界にいた頃、つまりインドア派もいいところの医学生時代には、とても考えられなかった荒れた手だ。

それを見て、マージョリーは感心した様子で、そんな遊馬の手のひらに小さな焼き菓子をひとつ載せた。

「あらあら。では、どうぞ」

それは、シュークリームのような凝った菓子にはほど遠い、ひき割り麦と砕《くだ》いたヘーゼルナッツ、それに糖蜜《とうみつ》と牛乳と卵を混ぜ合わせたものをグリドルでこんがり焼いた、ゴッゴッと固いクッキー状の菓子だった。

　とはいえ、甘味自体が珍しいので、遊馬は即座に焼き菓子を口に放り込んだ。どうにも固くて咀嚼《そしゃく》するのも一仕事だが、その分、長く楽しめる。

　もごもごと口を動かす遊馬に、マージョリーは優しく言った。

「アスマ様のお手も、すっかり働く殿方《とのがた》のものにおなりですわね」

「ん……まあ、元の世界にいたときの医学生も、けっこう肉体労働ではあったんだけど、ここでの作業とはちょっと方向性が違うもんね。山の様なレポートを書くとか、オペ見学で何時間も立ちっ放しとか」

「おペ……？」

「あっ、いや。何でもない。とにかく、今とは違う生活だったってこと。確かに、我ながらたくましい手になってきたと思うよ。今日は朝からずっと薪《まき》運びだけど、何とかやれてるもん。いつの間にか、ずいぶん体力がついてたみたいだ」

　そう言って、少し調子に乗って肘を曲げ、ろくに出来もしない力こぶを作ろうとする遊馬の姿に、マージョリーは「本当ですわね」とクスクス笑った。

「心がこもってないなあ。……ところで、マージョリーこそ、呑気《のんき》にお菓子なんて配っていいの？」

苦笑いで遊馬がそう言うと、マージョリーはバスケットを提げたまま、小首を傾《かし》げる。

「いいの、とは？」

「だって、ヴィクトリアさ……奥方様の支度《したく》とか、大変だろ？」

主の名を出され、マージョリーは少し得意げに薄い胸を張った。

「当日にバタバタするようでは、有能な侍女《じじょ》とは申せません。既に準備万端ですわ」

「頼もしいなあ、マージョリーは」

「とはいえ、もうすぐ奥方様のお支度を始めなくてはなりませんから、今が私の休憩時間のようなものです。お式の準備で、ずっとお城の中に籠《こ》もりきりでお務めを果たしておりましたでしょう？　少しだけでもお外の空気が吸いたくなったのです」

気持ちよさそうに深呼吸するマージョリーを、遊馬は感心した様子で見やった。

「やっぱり頑張り屋さんだよ。マージョリーは、たったひとりで奥方様のお世話をしてるんだもんな。ああ、お菓子、マージョリーに分けてあげればよかったね」

「いいえ、私はもう頂きましたもの。お台所で、焼き上がったものを真っ先につまみ食い致しました」

少し恥ずかしそうに白状するマージョリーは、いつものしっかり者の侍女ではなく、年相応の無邪気な少女の笑顔を見せている。

それが何だか嬉しくて、遊馬も「そりゃよかった」と屈託なく笑った。

彼らが今いるのは、マージョリーや、彼女の主たるヴィクトリアの故郷であるマーキス王国から遠く離れた、山間《やまあい》の小国ポートギースである。

猫の額のように狭い領土、しかも平たい場所がほとんどなく、一年の三分の一は国じゅうが雪に埋もれるという厳しい環境で知られるこの貧しい王国は、今朝から建国以来初、そして恐らくはこの先二度とはないであろう、国を挙げてのお祭り状態にある。

現国王ジョアンと、彼が後妻としてマーキス王国から迎えたヴィクトリアの結婚式が、このたび、他国からの賓客《ひんきやく》を数多く迎え、盛大に執《と》り行われることとなったのだ。

本来ならば、財政破綻《はたん》同然の小国、しかもやもめの王が再婚するなどという退屈極まりないイベントは、国を一歩出れば、誰の興味も惹《ひ》かない退屈な話題だったことだろう。

だが、今回ばかりはそうではなかった。

理由はいくつかある。

第一に、底抜けに善良なだけが取り柄で、容姿も性格も冴えない中年男と周知されているジョアン王が、小さな島国とはいえ、それなりに豊かで外交力もあるマーキスから若く美しい妻を迎えるというだけでも、なかなかインパクトのある話題となる。

第二に、王妃となるヴィクトリアは「姫王子」、つまり姫君のように着飾り、実際、王家の女性としての教育を受けてはいるが、実際は男性なのである。

ジョアンには亡き先妻との間に王女がひとりいるが、後妻を迎えるとなれば、本来なら少なくともあとひとり、できることなら王子をもうけたいはずだ。

それなのに、敢《あ》えて姫王子を娶《めと》る目的はどこにあるのか。

もしや美貌《びぼう》で名高いヴィクトリアが、堅物《かたぶつ》のジョアンを虜《とりこ》にしたのか、ポートギースとマーキスはいかなる関係なのか、まったく旨味《うまみ》のないように見えるこの結婚を、マーキス王ロデリックが何故受諾《じゅだく》したのか……と、この二人の結婚話は、今やどこの国の社交界でももちきりだ。

そんな中で執り行われる結婚式とあって、本来ならば嘲笑《ちょうしょう》と共に屑籠《くずかご》に直行していたはずのシンプル極まりない招待状は、ことごとく出席の返書となって戻ってきた。

結果として、大国においては地方の村程度の規模しかないこの小さな国に、百人以上の賓客が詰めかけるという未曾有《みぞう》の事態が発生したというわけだ。

しかし、それこそが、ジョアンとヴィクトリアの狙いだった。

周囲の大国に「征服すれば逆にお荷物になる」と軽んぜられてきたポートギースだが、財宝や資源はなくとも、豊かな自然と、厳しい暮らしから生み出された独特の保存食や、長い冬を乗り切るための凝《こ》った手芸品の数々がある。

珍妙な取り合わせの新郎新婦を客寄せに使って、各国から集まった賓客たちにポートギースの良さを知ってもらい、たとえ富める国にはなれずとも、せめて国民が食べるに困らない程度に他国と貿易ができるようにしたい。

あるいは、ポートギースの豊かな自然を目当てに、他国から物見遊山《ものみゆさん》の客が来るようにしたい。

二人の結婚式は、いわば国の命運を賭《か》けたプレゼンテーションの場でもあるのだ。

そして今日はいよいよ、その結婚式当日である。

通常ならば、王家の結婚式は、一日では終わらない。

式の前夜は、まずは国王がややカジュアルな宴《うたげ》を開き、客人たちの旅の疲れを懇《ねんご》ろに労《いたわ》る。

そして翌日の昼間に結婚式を執り行い、夕刻に再びいわゆる披露宴にあたる、国王夫妻が主催する格式高い晩餐会《ばんさんかい》を開く。

客人たちはその夜も城に滞在して、翌日以降にのんびり帰途に就《つ》く、というのが標準的なスケジュールだ。

しかし、貧しいポートギースには、賓客たちを二晩も歓待する余裕はとてもない。

そこで思案の末、ジョアンとヴィクトリアは、実に型破りな日程を組んだ。

すなわち、式当日の日中に賓客たちに来てもらい、夕刻より挙式、そのまま披露宴に突入し、翌朝の食事を供した後、昼食までに城を辞して貰うという、最大限にコンパクトな式次第である。

これならば、晩餐と朝食が一回ずつのみで、もてなしを済ませることができる。

そんな要請に、無礼が過ぎると激怒して出席を撤回《てっかい》した賓客もごく数人いたものの、ほとんどの出席予定者は、それを承諾《しょうだく》した。

おそらく、「長きにわたる大変な財政難の折、皆々様には是非《ぜひ》ともご協力を賜《たまわ》りたく」と、あまりにも正直に綴《つづ》ったジョアンの潔《いさぎよ》さを面白がったのだろう。

そんなわけで、挙式当日の今日、正午前くらいから、ようやく賓客たちを乗せた馬車が到着し始めた。

遊馬は作業中だったので見てはいないが、最初に到着したのは、ヴィクトリアの故郷マーキスからの馬車だったそうだ。

事前の連絡では宰相《さいしょう》であり、ヴィクトリアと母を同じくする兄であるフランシスが式に参列し、花嫁であるヴィクトリアの介添人《かいぞえにん》を務めることになっている。

揃《そろ》って見事な金髪碧眼《へきがん》の兄弟の晴れ姿は、きっと息を呑《の》むほど厳《おごそ》かで美しいに違いない。

想像するだけで、遊馬は小さな溜め息を漏《も》らしてしまう。

曲がりくねった山道は、数カ所に設けられたすれ違いポイント以外は、馬車一台が通るのがやっとの細さだ。いきおい、賓客たちの立派な馬車は、列を成し、ゆっくりと山を登ってくることになる。

遊馬とマージョリーが今いるのは、山の中腹にあるポートギース城の屋上なので、ふもとからずっと連なった様々なデザインの馬車も、城の前の小さな広場に停まった馬車から次々と出てくる着飾った賓客たちの姿も、よく見える。

馬車を降りた人々は、まずは肌寒さに身震いし、次に異様を誇るポートギース城に度肝《どぎも》を抜かれ、例外なくその場にしばし立ち尽くす。

それは、初めてここに来たときの遊馬たちとまったく同じ反応だ。

ポートギース城は、決して大きくも、壮麗《そうれい》でもない。ありふれた石材を用いた、装飾などほとんどない無骨な城だ。

ただしこの城には、他国の城にはない、とんでもない特徴がある。

背後に迫る切り立った崖《がけ》と、一体化しているのだ。

崖に巨大な穴を穿《うが》ち、城の一部をその人工の洞窟《どうくつ》内に築いているせいで、まるで山から城が生えてきたようにさえ見える。

洞窟を掘ったときに切り出した石材で城を築いているので、崖と城壁の色合いが完璧《かんぺき》に一致していて、その一体感はまさに魔法のようだ。

実際、城内の一部の部屋の壁面や天井には、むき出しの岩肌をそのまま利用しており、賓客たちのためには、そうした部屋を敢《あ》えて選択してある。

きっと皆、その野趣溢《やしゅあふ》れる佇《たたず》まいに再び驚愕《きょうがく》することだろう。

「城下から、音楽が」

マージョリーは凸壁に歩み寄り、耳を澄ませる。遊馬もそれに倣《なら》い、ニッコリした。

「ホントだね。何だか気持ちがウキウキするような音色だ。笛かな」

「弦楽器も。山の空気は澄んでいますから、音が綺麗《きれい》に響くのですね」

彼女の言うとおり、山の向こうから、切れ切れではあるが、風に乗って軽やかな音楽が聞こえてくる。

城下の音楽に堪能《たんのう》な者が集まり、今日のために楽団を結成して、これまで数ヶ月にわたり、仕事の合間に練習を重ねてきたのだ。

彼らは馬車道沿いの数カ所に分かれて陣取り、城に向かう賓客たちのために歓迎の音楽を奏でるという重要な役目を担《にな》っている。

民衆の歓迎は、音楽だけではない。

大半の大人たちは城に詰め、宴会の支度《したく》に勤《いそ》しんでいるので、留守居を務める年寄りや子供たちが、通りや家々の窓から、手作りの小旗を振って客人を迎えているはずだ。

「みんな、頑張ってるんだね。本当に、国じゅうが一丸となって、今日のために働いてる。小さな国ならではのイベントだよね」

遊馬がしみじみとそう言うと、マージョリーも感慨《かんがい》深そうに頷《うなず》いた。

「まことに。ずっと寂しかったお城の中に、こんなにたくさんの人がいて、何だか嬉しいですわ」

彼女の言うとおり、いつもは廊下《ろうか》で人とすれ違うことが稀《まれ》なくらい人がいないポートギース城に、数日前から驚くほどたくさんの人間が行き来している。

無論、宴の手伝いに来た城下の人々がほとんどだが、他にもいる。今日の婚礼のために、他国へ出稼《でかせ》ぎに出ていた家臣たちが揃って一時帰国したのだ。

城内のあちこちで再会を喜ぶ声が聞こえ、宴の空気をいっそう華やがせている。

遊馬やクリストファーも、毎日見知らぬ人々に引き合わされ、声を掛けられ、人の顔と名前を覚えるだけでもてんてこまいの日々を過ごしてきた。

「嬉しいっていうか、けっこう大変だけど……まあ、賑《にぎ》やかなのはいいことだよね」

「そうですとも。活気があるのは、素敵なことです」

大きく頷いてから、マージョリーはこう続けた。

「それに、今朝の国王陛下のお言葉、よそ者の私の胸にも深く響きました。この国の皆様にとっては、木洩《こも》れ日《び》のように温かなお言葉であったのではないでしょうか」

「ああ……あれは本当に、そうだね。ビックリしたけど、僕もけっこう感動した」

遊馬は晴れ渡った空を見ながら、マージョリーに心から同意した。

今朝、夜明け前に、結婚式当日の準備作業に集《つど》った城下の人々、それに久しぶりに「職場」に戻った家臣たちを集め、遊馬の言葉で表現するならば最終全体ミーティングが開かれた。

各グループごとに作業の指示と確認が済んだあと、総指揮を執《と》る老家老フォインの熱の籠《こ》もった激励《げきれい》の挨拶《あいさつ》でお開きになると思いきや、最後に登場したのは、国王ジョアンその人だったのだ。

勿論《もちろん》、マーキスにおいても、国王ロデリックが民衆の前に姿を現す機会はある。

だがそれはたいてい大きな式典のときのみで、しかも彼の周囲は幾重にも厳重に警護され、民衆が王に近づいたり、直接言葉を交わしたりするチャンスはまずない。

だがジョアンは、護衛のひとりも連れず、特段着飾りもせず、ただ低い踏み台の上に立ち、集った人々の顔をぐるりと見回して、まずは懇《ねんご》ろに感謝の言葉を述べた。

民衆のほうも、とてつもなく気さくな王に、拍手と口笛と歓声で応える。友だち扱いにちょっぴり敬意を載せた程度の、驚くほどフランクな態度だ。

こういう王と民衆のあまりにも近い関係に、ここに来たばかりの頃は驚き、困惑した遊馬たちだったが、今はすっかり慣れっこで、むしろ微笑《ほほえ》ましい気持ちで見守っている。

ジョアンもまた、国民たちの態度に気分を害した様子などなく、むしろ嬉しそうな笑顔で話を続けた。

「今日は、他国からたくさんの客人がこの国に来る。その中には確実に、我々がいかほど貧しいのかを見物し、物笑いの種にしてやろうと思っている者もいるだろう。しかし、たとえ嘲笑《ちょうしょう》を向けられたとしても、憤《いきどお》ってはならない。それでよいのだ。そのような心構えで我が国に来てもらえるのは、むしろ幸いですらあるとわたしは思っている」

まるで開き直りのようなジョアンのスピーチに、遊馬だけでなく、周りじゅうの皆が戸惑い、顔を見合わせた。だが当のジョアンは、淡々と言葉を継いだ。

「何故ならば、そのような人々にこそ、今日は我等の心意気を示すことができるからだ。我々は、確かに貧しい。だが、他国の人々が言うように、何も持たざる国ではない。それを、客人たちに示そう。心を尽くして、彼らをもてなそう。我々の国土の美しさ、慎《つつ》ましい食卓の温かさ、先祖代々培《つちか》ってきた文化の豊かさ、何より、我々の誇りが伝わるように。

決して背伸びをせず、何一つ取り繕《つくろ》うことはせず、ありのままに、遠来の客人、すなわち将来の友をもてなそう。苦しくも楽しく、侘《わび》しくも愛《いと》おしい我々の暮らしに、束の間ではあるが、彼らを迎え入れよう」

飾らない、平易な呼びかけは、聴衆の心に真っ直ぐ届いた。

皆を大いに頼りにしている、という結びの言葉には、「王様も奥方様と一緒に頑張れよ！」という励《はげ》ましの声まで飛んでいた。

ニコニコして頷くジョアンの痩《や》せた顔は、結婚式の準備で多忙を極めたせいでくたびれてはいるものの、遊馬と初めて会ったときよりは、ずっと明るさと自信に満ちている。

援助を求め、捨て身の物乞《ものご》い同然に単身マーキスを訪れたあの日と違い、今は傍《かたわ》らにヴィクトリアがいる。彼女が、ポートギースの人々が当たり前過ぎて気付かなかったこの国のよいところを数多く見つけ、教えることで、ジョアンの心に再び国王としての自負を取り戻させたに違いない。

そして、ジョアンのそうした心境の変化が、城下の人々にも少しずつ前向きな気持ち……まだ明るい展望とまでは言えなくても、小さな希望のようなものを与えているように、遊馬には感じられた。

そのときの何とも温かな雰囲気《ふんいき》を思い出し、遊馬はニッコリしてマージョリーに言った。

「きっと、今日はいい結婚式になる。そんな気がするよ」

マージョリーが微笑んで相づちを打とうとしたとき、背後から野太い声が聞こえた。

「おい、屋上で油を売るとはいいご身分だな」

「うあ」

遊馬がギョッとして振り向いた先には、長身でたくましい体格の男性が立っていた。

彼の名は、クリストファー・フォークナーという。

今はヴィクトリアに従ってポートギースに来ているが、本来はマーキス国王ロデリックの元学友にして、現国王補佐官、さらに王室付きの鷹匠《たかじょう》でもある。

この世界に来たとき、遊馬は「鷹匠の弟子」としてマーキス城内に暮らすこととなったので、成り行き上、クリストファーは今も、遊馬の師匠《ししょう》兼身元引受人という立ち位置だ。

「サボってるわけじゃないですって。マージョリーがお菓子を持ってきてくれたので、ちょっとだけ休憩を」

「休憩している場合か。今すぐ来い」

「何か、急な作業でも？」

遊馬は小首を傾《かし》げた。師匠の声音《こわね》はいつもどおりぶっきらぼうだが、その精悍《せいかん》な顔には、隠しきれない上機嫌な表情が浮かんでいる。

「いいから来い」

訝《いぶか》しむ遊馬に構わず、クリストファーは早口に言うなりクルリと踵を返し、歩き出す。

「えっ、ちょっと待ってくださいよ。じゃ、マージョリー、またね。お菓子、ご馳走様《ちそうさま》」

「お気をつけて」

マージョリーに笑顔で手を振って見送られ、遊馬は小走りにクリストファーに追いつい
た。

「いったい何なんです?」

遊馬は重ねて問いかけたが、クリストファーは広い肩を軽く竦《すく》めるばかりで何も答えず、ただ大股《おおまた》に歩き続ける。

(いったい、何があったんだろう)

遊馬はいささかの不安を覚えながら、師匠についていく。ただ、クリストファーの足取りは軽く、特に深刻なトラブルが起こっているような雰囲気はない。

むしろ、早く来いと言わんばかりに時折振り返るクリストファーの表情は、どことなく楽しげですらある。

(楽しい用事なら、まあいいか。できたら力仕事じゃないといいんだけど)

遊馬がそんなことを思っているうちにも、クリストファーは城の二階の廊下《ろうか》を迷いなく

進む。

足を止めたのは、今日の結婚式の主役の片方である、ヴィクトリアの私室の前だった。

ヴィクトリアとジョアンは寝室こそ共にしているが、互いに独立した部屋を持ち、日中はそこでそれぞれの執務に励《はげ》んでいることが多いのだ。

「ヴィクトリアさんに用事ですか？　でも今、式の支度《したく》で滅茶苦茶《めちゃくちゃ》忙しいんじゃ……」

「だからこそ、迅速《じんそく》にお前を連れて来る必要があったんだ」

「な……るほど？」

わかったようなわからないような返事をする遊馬をよそに、クリストファーは扉を軽くノックした。

『誰か』

扉の向こうから誰何《すいか》するやや高い声に、遊馬は嫌と言うほど聞き覚えがある。

（やっぱり、ヴィクトリアさんの声だ）

だが、それについて訊ねる間もなく、クリストファーは背筋を伸ばし、礼儀《れいぎ》正しく名乗った。

「フォークナーです。アスマを連れて参りました」

『入るがよい』

いつもと変わらない快活な声で、返事が聞こえた。

いつもなら、そこですぐに扉を開けるクリストファーだが、今日は何故か衣服の乱れをきちんと直し、視線で同じようにするよう遊馬を促してから、ようやくドアノブに手を掛けた。

（ヴィクトリアさん以外に、誰かいるみたいだな。もしかしてフランシスさん……だったら、クリスさんがそこまで嬉しそうな顔をするわけがないか。僕の知らない人かな）

師匠の引き締まった表情から見て、室内にいるのは、ヴィクトリアと、おそらくは重要な賓客《ひんきゃく》の誰かだろう。晴れの日にケチをつけるような粗相《そそう》があってはならないと、遊馬もやや緊張して、クリストファーについて部屋に入った。

貴人に対するマナーなど、この世界に来るまでまったく知らなかった遊馬だが、今は、少なくともマーキス風の作法《さほう》だけは身についている。

クリストファーに具体的に指示されるまでもなく、俯《うつむ》いて部屋に入った遊馬は、そのまますぐに床に片膝を突いた。

許しがあるまで相手の顔を見てはならないというのが、身分の高い人に面会するときの大原則だ。

目の前にいるのが誰か早く知りたい気持ちをぐっと抑えて、遊馬は石造りの冷たい床を見て畏《かしこ》まる。

やがて、そんな遊馬の鼓膜《こまく》を、ヴィクトリアのものではない、決して大きくも太くもないが、冷ややかな威厳のある男性の声が震わせた。

「ずいぶんと着膨《きぶく》れておるのだな、此方《こちら》でのそなたは」

「！」

まだ許可を得ていないことなど瞬時に忘れ、遊馬は弾かれたように立ち上がった。その、二十代も後半になってまだ少年らしさを残した顔に、みるみるうちに笑みが広がっていく。

「ロデリックさん！　あっ、すみません、ええと、陛下」

「人払いをしておるゆえ、ロデリックで構わぬ。しばらくぶりであったな、アスマ」

無礼を咎《とが》めることもせず、マーキス国王ロデリックは、痩せた顔で薄く笑った。

知性だけで形作られたような、硬質で端整な顔は、相変わらず青白い。

だが温暖なマーキスと違って、色彩に乏《とぼ》しいこのポートギースの光景には、ロデリックの白皙《はくせき》がかえってしっくり馴染《なじ》んで見える。

「えっ？　あれ、でも、フランシスさんが来る予定だったんじゃ……」

久しぶりに長兄に会ったヴィクトリアも、いつも以上に晴れやかな笑顔で、遊馬と立ち上がったクリストファーに声を掛けた。

「思いがけず、ロデリック兄上が来てくだされたのでな。式の前に僅《わず》かの間なりとも、そなたらを交え、語らうひとときを持ちたかったのだ」

「確かに、式の後は宴会だ何だって、色々ありますもんね。でも、ヴィク……奥方様、思いがけずっていうのは？　予定変更を、ご存じなかったんですか？」

「私のことも、今はヴィクトリアで構わぬ。そのほうが、マーキスにおるときのようで懐かしゅう感じられてよい」

クリストファーは遊馬を軽く咎めるようにジロリと見たが、主君ふたりが鷹揚《おうよう》に構えているので、渋い顔でこう説明した。

「お前の言うとおり、本来なれば、式にはフランシス様がご臨席賜《たまわ》る予定だった。だが、急遽《きゅうきょ》、ロデリック様がお出ましくだされたのだ。俺たちも、お越しになるまで何も知らされていなかった。……まったく、相変わらず、お人が悪い」

非難めいた言葉を口にするクリストファーだが、ウキウキした顔と声で言ってしまっては、小言《こごと》も台無しである。師匠があまりにも嬉しそうなので、つられた笑顔になった遊馬だが、ふと心配そうにロデリックを見た。

「まさかフランシスさん、病気か怪我《けが》か……何かここに来られなくなるようなトラブルでもあったんですか？」

　するとロデリックは薄い唇に独特の冷ややかな笑みを浮かべ、小さくかぶりを振った。

「あれは相変わらず息災《そくさい》だ。宰相《さいしょう》として、日々、決裁《けっさい》せねばならぬ案件や、マーキス島のそこここより舞い込む視察の依頼に忙殺されておるわ」

「それは……ええと、もしかして、本来ならロデリックさんがやらなきゃいけないことまでやらされてるからじゃないんですか？」

「さて、どうであろうな。わたし自身は、あれに仕事を押しつけた覚えはさらさらないが、あれが自発的に引き受けておる事柄があるやもしれぬな」

　涼しい顔でしれっと嘯《うそぶ》いたロデリックは、苦笑いで自分を見上げるヴィクトリアを見返し、こう言った。

「やはり、末弟の一世一代の晴れ舞台においては、他ならぬわたしが介添《かいぞ》え役を果たさねばならぬと思うてな。フランシスを説《と》き伏せたのだ」

「勿体《もったい》なくも嬉しゅうございます。我が君も、心より感激しておりました」

　礼儀正しく感謝の言葉を口にしてから、ヴィクトリアは親しげな口調でこう続けた。

「それにしても、フランシス兄上が、ロデリック兄上のお出ましをよく容認なされましたな。何につけても慎重なフランシス兄上ならば、『国王がさような所用で国を空けるなど』と、厳しいお顔をなさりそうですのに」

ロデリックは、皇太子時代からトレードマークである、ゆったりした黒衣の肩を竦《すく》めた。

「無論、最後まで渋っておった。しまいには、わたしがおらぬ間に、国を乗っ取るやもしれぬゆえ覚悟してゆけと言うておったぞ」

「まあ」

「あるいは、わたしの帰る場所がのうなるやもしれぬな」

「その際は、いつまでもこちらにおいでなさりませ」

長兄が真顔で繰り出す物騒な冗談を、ヴィクトリアは美しい笑顔で受け流す。

「それもよいやもしれぬ」

こちらも平然と同意するロデリックを、さすがに渋い顔でクリストファーは窘《たしな》めた。

「この良き日に、そのような縁起《えんぎ》でもないことを仰《おお》せになられますな」

「そうであった。すまぬ、ヴィクトリア」

偏屈な彼にしては珍しいほど素直に詫《わ》びられ、ヴィクトリアはむしろ意外そうに大きな目を見開き、クスクスと笑った。

「さような冗談を言い合えるほど、兄上たちが仲良うなられて、私は嬉しゅうございます。ロデリック兄上に全幅の信頼をいただき、フランシス兄上も誇らしゅう思うておられるはず」

「さて、それはどうであろうな。謀反《むほん》の罪を赦《ゆる》されて宰相になったと思いきや、首を刎《は》ねられるより酷《ひど》い目に遭《あ》わされておると、日々、恨み言を言われておるわ。……さて、今宵《こよい》の結婚式が滞《とどこお》りなく終われば、ヴィクトリア、そなたは正式に、このポートギースの王妃となるわけだが」

ロデリックの顔から、拭《ぬぐ》ったように笑みが消える。ヴィクトリアも、神妙な面持《おもも》ちで背筋を伸ばした。

「はい」

「この期に問うておく。その決断に、悔いはないか？」

ズバリと投げかけられた質問に、問われたヴィクトリア本人より、むしろクリストファーと遊馬が緊張の面持《おもも》ちになる。

しかし当のヴィクトリアは、探るような兄の視線を真っ直ぐ受け止め、何故そんなことを問うのかと、言葉より雄弁な明るいブルーの瞳で問い返す。

ロデリックはそんな弟の視線をすいとかわし、暗青色の目であらぬほうを見てボソボソとこう言った。

「何不自由なく育ったそなただ。ポートギースの貧しさを承知の上で嫁いだとはいえ、実際にこの地で暮らしてみれば、また異なる感慨《かんがい》もあろうと思うてな」

「それは……確かに、驚きも不自由もございましたが、私は決して……」

ヴィクトリアに皆まで言わせず、ロデリックは畳《たた》みかけるように早口に続けた。

「そなたが弱音を吐かぬたちであることを、わたしもフランシスもよう知っておる。されど、今このときのみは、意地を張らずともよい。婚礼を挙げてしまえば、引き返すことはもはやできぬのだぞ。今、このときが最後の機会と思うて、よう考えた上で答えよ」

「ロデリック兄上……」

「さよう。これはマーキス国王ではのうて、そなたの兄として問うておる。このポートギースはまことに、そなたが骨を埋めたいと望む地であるか？」

珍しく、言葉を皮肉で飾ることなく、ロデリックはストレートに問いかけてくる。

ヴィクトリアの怪訝《けげん》そうだった顔には、ゆっくりと晴れやかな笑みが広がっていった。

それを見て、クリストファーと遊馬は胸を撫《な》で下ろし、笑みを交わし合った。ヴィクトリアの笑顔が、何よりの返事だったからである。

しかし、言葉を尽くして心配してくれた長兄の想いに感謝を込め、ヴィクトリアは兄の黒衣の袖《そで》にそっと触れ、やわらかな声音《こわね》で告げた。

「確かに、ポートギースでの暮らしに戸惑いや不自由がないとは申しますまい。されど、この国の民は王を信じて明るさを失わず、ジョアン王……我が君は、心優しく、ご信頼申し上げるに足る人物でございます。それが何よりの幸いと存じております」

そんな盛大なのろけとも取れるヴィクトリアの言葉にも、ロデリックの硬い表情は緩まない。

「確かに、ジョアン王は善良な男だ。見かけより遥《はる》かに聡明で、思慮《しりょ》深くもある」

「はい、まことに。我が君はご立派な王であらせられます」

「されど、綺麗事《きれいごと》のみでは、政《まつりごと》は為せぬ。ポートギースがかように貧しゅうなった理由のひとつは、代々の王の人の良さであろうよ」

そう言って、ロデリックはヴィクトリアに視線を戻した。ロデリックの暗青色の双眸《そうぼう》が、今度こそ厳しくヴィクトリアを見据える。

「王が良き人間であることは、両刃の剣だ。政においては、善良さと清廉《せいれん》さのみでは切り抜けられぬこともままあろう。さような場合……」

「はい。さような折には、我が君の清きお心を損《そこ》ねるようなことは致しますまい。この私が、我が君に代わり、手を汚す所存にござります る」

ヴィクトリアは何の躊躇《ちゅうちょ》もなくそう言い放った。それまで兄弟に遠慮して沈黙を守っていた遊馬は、つい「ええっ？」と驚きの声を上げてしまう。

ヴィクトリアは、むしろ遊馬が驚いたことを訝《いぶか》しむように、小首を傾《かし》げた。

「アスマ、そなた、何をさように驚いておるのだ？」

「だ、だって、それって。手を汚すって言うと何となく品がいいですけど、要は、裏で悪いことをする覚悟があるってことですよね？」

「悪いこととは限るまい。正攻法ではどうにもならぬことを、ときには良心に背く手段で解決するやもしれぬと言うておるだけだ」

ヴィクトリアがケロリとした顔で口にした答えに、遊馬はますます戸惑う。

「いやだって、そんなの、つらくないですか？　ヴィクトリアさん、いくらポートギースとジョアン陛下のためでも、そんなこと、ホントにできるんですか？」

遊馬としては、ヴィクトリアを心から案じての質問だったのだが、当のヴィクトリアだけでなく、ロデリックとクリストファーまでも、怪訝そうに自分を見ているのに気づき、遊馬は混乱して顔を赤くした。

「えっ？　あれ、何だろうこのアウェー感。あの、僕、何か変なことを言っちゃってますか？」

すると師匠《ししょう》のクリストファーは、呆《あき》れたと言わんばかりに嘆息《たんそく》した。兄弟の気持ちを代弁するように、遊馬の頭を軽く小突く。

「おかしいも何も、お前の頭は、ずいぶん目の粗《あら》いザルか何かのようだな」

「へ？」

「もう忘れたとみえる。そもそも、お前をこの世界に招き寄せるため、あの胡散臭《うさんくさ》い魔術師ジャヴィードを雇い入れたのは、他ならぬヴィクトリア様だぞ」

苦笑いのクリストファーにそう言われて、遊馬はあっと叫んで手を打った。

ヴィクトリアも、少し困ったように眉《まゆ》をひそめて笑う。

「無実の罪を着せられんとしておられたロデリック兄上を助けたいがゆえ、私は異世界より、そなたを無理矢理ここに呼び寄せた。既にこの手は、それなりに汚れておる」

「で、でも、結果オーライでしたし！　僕も最初は驚きましたけど、ここに来てよかったこともいっぱいありましたから！　それは、『手を汚す』ことから除外してもらってもいいんですよ」

慌ててフォローする遊馬に、ヴィクトリアは可笑《おか》しそうに小さな笑い声を上げた。

「さように力を込めて慰めてくれずとも、私はそなたにすまぬと思いこそすれ、悔いはしておらぬ。ロデリック兄上をお救いするため、最良の策を講じたと自負しておる。されど、己が目的のため、何の因縁《いんねん》もないそなたを強引に巻き込んだことは、正しき人の道に則《のっと》った行為ではあるまい。それは事実なのだ」

胸を張ってそう言うと、ヴィクトリアはロデリックに向き直った。

「マーキスで身につけたすべてを用いて、私は我が君をお支えし、この国をもり立ててゆきたいと思うております。そして、それはひとえに、貧しくとも温かなこの国の民を愛《いと》おしく思い、また、民に慕《した》われ、民を何より大切に思うておられる我が君を、ご尊敬申し上げているゆえに他なりませぬ。さような方と連れ添えることを、何よりの幸いと思いとうございます」

そこで言葉を切り、ヴィクトリアは明るい口調でこう言い切った。

「いつの日にか、故国マーキスの人々に、ヴィクトリアをあの折、ポートギースに嫁がせたロデリック陛下に先見の明ありと快哉《かいさい》を叫んでもらえるよう、身命《しんめい》を賭《と》しまする。どうぞご安心召されませ」

力強い宣言に、ロデリックはようやく愁眉《しゅうび》を開いた。そして、厳《おごそ》かに言葉を返す。

「ようわかった。そなたを連れ戻す手間が省《はぶ》けて、わたしとしても喜ばしいことだ。クリスとアスマが、そなたのただ今の誓いの証人となろう」

「はっ、ヴィクトリア様のご決意、確《しか》と承《うけたまわ》りました」

「僕も、ハッキリ聞きました」

クリストファーと遊馬も、姿勢を正して言葉を発する。

満足げに頷《うなず》いたロデリックは、たっぷりした上着のポケットに手を入れながらこう言った。

「後ろを向くがよい」

「えっ？」

兄に唐突《とうとつ》に促され、ヴィクトリアは不思議そうに、それでも従順に、兄に背中を向ける。

「そなたには法外な額の持参金を持たせたゆえ、婚礼に際しての祝いはない。これは、兄……わたしとフランシスからの心ばかりの品だ」

そう言いながら、ロデリックはポケットから無造作《むぞうさ》に取り出したものを、背後からヴィクトリアの首元に回しかけた。

「兄上、これは……！」

俯《うつむ》いて、胸元に下がったものを確かめたヴィクトリアは、酷《ひど》く驚いた様子で息を呑《の》み、勢いよく振り返る。

それは、期待どおりのリアクションだったのだろう。ロデリックは痩《や》せた顔を歪めるように笑って、

「動くでない。フランシスならともかく、わたしは装身具の留め具の扱いには不慣れもよいところなのだぞ」と言った。

はたで見ているクリストファーと遊馬にもわかる、明らかな大照れの様相だ。

ほどなく、ヴィクトリアの首に無事かけられたのは、雫《しずく》型の真珠《しんじゅ》を金の鎖でぶら下げた、繊細《せんさい》なペンダントだった。

遊馬にとっては、真珠は元の世界で見慣れたものだが、おそらくこちらの世界には、いわゆる人造真珠や養殖《ようしょく》真珠の類《たぐい》はないのだろう。

だとすれば、小指の腹ほどある大きな真珠は天然のもので、それがほぼ左右対称の美しい雫型となれば、恐ろしく高価な品に違いない。

(でもヴィクトリアさんが、ただ品物が高価っていうだけで、あんなに驚くはずはないよな。何か、特別な品なのかな)

そんな遊馬の疑問に答えるように、ヴィクトリアは胸元に揺れるほんのり桃色がかった真珠に愛おしげに触れつつ、口を開いた。その美しい顔には、まだ驚きと喜びが入り交じった、複雑な表情が浮かんでいる。

「よもや、この真珠に再びここで相まみえるとは、夢にも思いませなんだ。兄上、いったいこれは」

「如何様《いかよう》な魔術を用いたのかと言いたげな顔だな。されど、わたしが用いたのは、さように胡散臭い力ではない。思考だ」

「思考?」

遊馬はもの問いたげにクリストファーを見たが、彼も、ロデリックから何も聞かされていなかったらしい。ただ驚きの眼で見返してくるばかりだ。

ロデリックは、どこか懐かしげにこう言った。

「先刻、そなたらが言うておったように、かつて父王殺しの罪を着せられ、処刑されんとしたわたしを救うべく、そなたは魔術師ジャヴィードを雇い、アスマをここに顕現させた」

ロデリックの冷ややかな眼差《まなざ》しが、チラと遊馬の顔を掠《かす》め、再びヴィクトリアに戻る。

「その折、ジャヴィードに法外な報酬《ほうしゅう》を要求されたそなたが、己が所有する高価な装身具の多くを擲《なげう》ったこと、わたしが知らなんだとでも思うたか」

「兄上、それは……」

ヴィクトリアはハッとした後、申し訳なそうに顔を曇らせ、兄に頭を垂れて詫《わ》びた。

「いかに兄上をお助けするためとは申せ、国の財に手をつけるわけにはゆかず……私の財と呼べるものを手放すより他がありませなんだ。とはいえ、それも元はと申せば、民の収めた税で買い求めたもの。我が一存で手放したこと、まことに申し訳ございませぬ」

「詫びる必要はない。むしろ、そのうちの一つしか取り戻せなんだことを、わたしがそなたに詫びねばならぬ」

「さようなことは！」

ロデリックは、今にも泣き出しそうなヴィクトリアの頭を、幼い子供にするように、骨張った手でぎこちなく撫《な》でた。

「その真珠は、フランシスとそなたの母君が、第二王妃になった折、父王より贈られし記念の品であろう。さようにに大事の品を、そなたはわたしのために手放してくれたのだ。それをあの強欲な魔術師めより取り戻すのは、わたしでなくてはなるまい」

「あのジャヴィードのこと、さぞ大枚を要求したことでございましょうに」

「確かにな。ゆえに、わたしの私財のみではとうてい足りず、フランシスと共に、どうにか買い戻せたのがこの品というわけだ。……これだけは、そなたの手に戻してやりたかった。はなむけとして、受け取るがよい」

そんなロデリックの言葉に、ヴィクトリアの大きな目の縁にみるみる涙が盛り上がる。

「兄上……。ありがとうござりまする。この上は、いかなることがあろうとも、決して手放しますまい」

ロデリックが頷き、何か言おうとしたとき、ノックもなしに扉が大きく開いた。

クリストファーと遊馬はギョッとして身体《からだ》ごと振り向き、主君二人を守るため身構える。

ヴィクトリアも、半ば無意識に、兄を庇《かば》って半歩前に出た。

そんな四人の前に、まるで元気な小犬のような勢いで飛び込んできたのは、ジョアン王の一人娘、十二歳のキャスリーン王女である。

「ロデリック伯父上《おじうえ》！」

満面の笑みで名を呼ぶと、キャスリーンは質素なスカートの裾《すそ》を摘《つ》まみ、軽く膝を曲げて形ばかりの礼をした。そうしている間にも、今にもロデリックに抱きつきそうな喜びようだ。

数ヶ月前、ひょんなことから遊馬とクリストファーについてマーキスへ行ったキャスリーンは、そこでロデリックに王となる者の心構えを示され、深い感銘《かんめい》を受けたらしい。

それ以来、彼女はロデリックを心の師と仰《あお》ぎ、真っ直ぐな尊敬の念と愛情を彼に向けている。

素直で溌溂《はつらつ》としたキャスリーンは、ロデリックにヴィクトリアの幼い頃を思い起こさせるのだろう。彼のほうもキャスリーンを相当に気に入ったようで、マーキス滞在中は、多忙な公務の合間、みずから勉強を教えることもあった。

「やれやれ。そなたに似た小さな貴婦人はどこへ行った？　今、わたしの目の前にいるのは、多少は育ちのよい町娘のようだが」

可愛《かわい》い「義理の姪《めい》っ子」の前には、ロデリックお得意の皮肉もずいぶんエッジが鈍くなるようだ。キャスリーンも、悪びれない笑顔で胸を張る。

「教わった行儀作法《ぎょうぎさほう》は忘れていません。でも、ここはマーキスじゃなくて、ポートギースですもの。あんな堅苦しいお作法は似合わないわ」

「ふむ。一理あるやもしれぬな。まあ、息災《そくさい》で何よりだ」

「伯父上も！　私、お土産《みやげ》にいただいた本を全部読んでしまいました！　歴史も、数学も、理科も、あと……ええと、アングレ語とフランク語の勉強もちゃんと続けています。刺繍《ししゅう》とかお裁縫《さいほう》とか、そういうのは……ちょっと怠《なま》けがちですけど、本を読むのは大好き」

「そうか。ならばまた、新たによき本を選び、送ってやるとしよう」

他者に触れられるのがあまり好きでないのか、抱きつきたそうなキャスリーンを視線でやんわり制したものの、ロデリックは鷹揚《おうよう》にそんな気前のいい約束をする。

ニコニコ顔のキャスリーンは、傍《かたわ》らに立つ遊馬を見て、自慢そうにこんなことを言い出した。

「最近は、私のほうがアスマより計算が速くなったんですよ」

「ちょ……それはたまに、ですって！　まだ、八割がた僕のほうが速いですよ」

「お前、子供相手に、二割は負けているのか」

慌てて弁解する遊馬を、クリストファーが呆《あき》れ顔で混ぜっ返す。

「そんなこと言うクリスさんこそ、数学は苦手だからって、僕ひとりに姫様の勉強相手を押しつけたんじゃないですか！」

「おい、そんなことをロデリック様の御前で……」

後ろめたいことを暴露され、クリストファーが怖い顔で遊馬の口を塞《ふさ》ごうとしたそのとき、今度は控えめなノックの音がして、一同はいっせいに戸口のほうを向いた。

ノックの音や間隔《かんかく》で、訪問者が誰かすぐにわかったのだろう、ヴィクトリアは「入るがよい」と声を掛けた。

そっと扉を開けて顔を覗《のぞ》かせたのは、侍女《じじょ》のマージョリーである。

「皆様、お揃《そろ》いでご歓談のところを申し訳ございませぬ。陛下、御前を失礼致します」

恐縮しながら入室したマージョリーは、軽い非難の眼差しで遊馬とクリストファー、それにキャスリーンを見た。

「お二方ばかりか、姫様までこちらにおられたのですか。お付きの女官が待ち詫《わ》びておりますよ。そろそろお支度《したく》をなさらなくては」

せっかく再会できたロデリックともっと話したいのだろう、キャスリーンは不服そうな膨《ふく》れっ面《つら》をする。

「私は、今日の主役じゃないもの。そんなに頑張って着飾らなくったって……」

「なりませぬ。姫様には、ジョアン陛下の介添人《かいぞえにん》という大切なお役目がおありなのですから。さ、お行きなさいませ」

「はあい。ロデリック伯父上、お帰りになる前に、私とお喋りする時間を作ってくださいますか?」

「確約はできぬが、努力しよう。……疾《と》く行くがよい。ポートギースの次期国王にして我が姪と誇るに値する、堂々たる介添えぶりを期待しておるぞ」

「任せてください!」

まるで少年のように、まだ薄い胸元をパンと叩いて請け合うと、キャスリーンは来たときと同じくらい元気よく、バタバタと部屋を駆け出していく。

それを見送り、マージョリーは礼儀《れいぎ》正しく控えめに、しかしきっぱりとこう宣言した。

「さ、奥方様のお支度も、そろそろ始めなくては間に合いませぬ。殿方《とのがた》は、お出になってくださいませ」

「……む。なればわたしも、自室で身支度を整えるとするか」

「お部屋まで、お供致します」

やはり名残《なごり》惜しそうに、それでもこちらも「花嫁」の介添人を務めなくてはならないロデリックは、クリストファーに先導され、部屋を出ていく。自分もついていこうとした遊馬を、マージョリーは素早く呼び止めた。

「アスマ様のことは、厨房《ちゅうぼう》の方々が探しておりましたよ」

「あっ、そうだ。僕、厨房を少し手伝う約束をしてたんだった！　すみません、じゃ、僕はそっちへ行きます。あの、結婚式、頑張ってください……って言うのも何か変ですけど、何もかも上手《うま》くいくように祈ってます」

「うむ。宴の支度をよろしゅう頼むぞ。……ずっと私に付き従ってくれたそなたとクリスを、式に参列させてやれぬのは口惜しいことだが」

済まなそうに眉《まゆ》を曇らせるヴィクトリアに、遊馬は笑ってかぶりを振った。

「いいんですよ。お客さんがたくさん来て、大広間がギチギチなんですから、仕方がないです。それに僕もクリスさんも、裏方のほうが性《しょう》に合ってます。ヴィクトリアさんは、そんなこと気にせず、一生に一度の結婚式、楽しんでくださいね」

そう言われて、ヴィクトリアはホッとした様子で頷《うなず》く。

「……かたじけない。では、万事、よろしく頼む」

「はいっ！　じゃあ、失礼します」

ロデリックがもういないので、遊馬は日本風にペコリと頭を下げ、いささか気安くヴィクトリアに挨拶《あいさつ》すると、退室した。

そして、これから始まる一連の行事に向けて気合いを入れ直すと、今頃てんやわんやであろう厨房に向かって、さっきのキャスリーンに負けず劣らずの勢いで駆け出したのだった……。

二章　宴の支度

まくり上げたシャツの袖《そで》で額の汗を拭《ぬぐ》い、遊馬《あすま》はふと、ポートギースに来て「暑い」と感じたのはこれが初めてだと気づき、小さく笑った。

ずっと着込んでいた毛皮のチョッキは、とっくに脱いでしまった。代わりに身につけているのは、元の世界にあったものとよく似た、胸から膝までをすっぽり覆《おお》うゴワゴワした生地のエプロンである。

(今頃、大広間じゃ結婚式の真っ最中だろうな。クリスさん、警備、頑張ってるかな)

乳白色《にゅうはくしょく》の大きな豆を大鍋《おおなべ》でグラグラ煮込みながら、遊馬は自分が参列できなかった結婚式に思いを馳《は》せた。

ヴィクトリアは、マーキスから自分についてきてくれたクリストファー、遊馬、それにマージョリーも式に参列させたいと言ってくれたが、残念ながらそれは叶わなかった。

三人の身分が問題なわけではない。

単純に、思いのほか参列客が多くなり、遊馬たちの席が確保できそうになかったのが最大の理由であり、もう一つは、単純に公式行事や大がかりな宴席に慣れた人間がこの国では圧倒的に不足しており、三人ともが貴重な労働力であったことだ。

ヴィクトリアの侍女《じじょ》であるマージョリーは言うまでもなく、クリストファーはポートギースの兵士たちのサポート役として大広間の警備に当たっており、遊馬は厨房《ちゅうぼう》で、結婚式の後に開かれる披露宴の料理の準備を手伝っている。

常日頃は、通いの料理番がひとりしかいないだだっ広い厨房に、今日はたくさんの人が詰めている。ざっと、二十人はいるだろう。

天井から下がる大きなリング状の木製シャンデリアにも、壁を小さくくり抜いて作った照明スペースにも、今夜はことごとくロウソクが灯され、昼間のようにとはいかないまでも、作業に支障がない十分な明るさが確保されている。

換気のために窓をすべて全開にしていても、すべての料理用暖炉《だんろ》やオーブンに火が入っているので、熱気が籠《こ》もって厨房内は真夏のようだ。

こんなに活気溢《あふ》れる空間に身を置いたのは、大学の学園祭以来かもしれないと遊馬は思った。食材を運び入れる者、洗う者、切る者、焼く者、煮る者……誰もが手と口を忙しく動かし、いくつもある暖炉では火がごうごうと燃え続け、その火にかけられた脚付きの大鍋からは、もうもうと湯気が上がっている。

ただ、ここで働いている人々の中で、本職の料理人はほんの数人だ。残りはそれぞれ家族のために日々の食事を作り続けてきた、料理自慢の女たちである。

大人数の賓客《ひんきゃく》のためのご馳走《ちそう》だけでなく、彼らの従者や城で働く人たちのための料理も同時に用意しなくてはならないので、まさに厨房は戦場のようだ。

こんな大規模な宴《うたげ》は何十年も開かれたことがなかったので、本来なら陣頭指揮を執《と》るはずの料理番はパニックを起こして先月から寝込んでしまい、急遽《きゅうきょ》リーダーの任を買って出たのは、城下でただ一軒の宿屋兼酒場を経営するベケットという初老の男だった。

これまでずっと庶民《しょみん》の宴会を一手に引き受けてきたベケットなので、多人数に食事を供《きょう》することには慣れている。自分もそれなりに腕に覚えがあり、人を指揮して料理をさせるのもお手の物だ。

まさに、天の配剤とも言うべき、頼もしく陽気で、人望もある男である。

しかし、問題が一つだけあった。いかにベケットといえども、各国から集まった上流階級の人々に出すに足る料理など、これまで一度も作ったことがなかったのだ。

ポートギースの経済状態を考えれば、贅《ぜい》を尽くした料理などはもとより望むくもないが、かといって、庶民が日常的に食べているものをそのまま出すというわけにはいくまい。

食材はあくまでも安価で入手が容易であり、素人《しろうと》の寄せ集めであっても美味《おい》しく作れる単純な調理法であり、それでいて見栄えがよく、可能な限りの高級感があって、しかも事前にある程度の準備ができる献立《こんだて》でなくてはならない。

典型的な、「言うは易《やす》く行うは難《かた》し」である。

ベケットと急ごしらえの調理チームは、まず城内の図書室で、かつてのポートギースで開かれた宴会のメニューを調べようとした。

だが、文献はすでに散逸《さんいつ》して見つからず、ならば今の王族が食べているものは……と病床の料理番を訪ねて聞き出してみれば、城下の人々と大差ない料理が出されていて、まったくもって参考にならない。

献立作りにすっかり行き詰まったベケットたちの困りようを見かね、そっと助け船を出したのは、マージョリーだった。

「アスマ様は、マーキスで珍しい宴会料理を考案なさって、あちらの料理番を喜ばせたことが幾度もあるのですよ」と、遊馬にとっては厄介《やっかい》でしかない情報を、彼女はベケットに与えてしまったのである。

そんなわけで、遊馬は彼自身の意志とは関係無く、半ば強制的に調理チームに編入され、披露宴の献立作りに深くかかわることになった。

勿論《もちろん》、プロの料理人ではないので、遊馬が知っているのは、彼が元いた世界で母親が作ってくれた家庭料理や、店で食べた料理だけだ。

記憶を探り、ベケットと相談しながら、遊馬はここでも作れそうな料理を何品か提案し、そのすべてが採用された。ゆえに今日は、遊馬は自分の考案した料理の監修役として厨房に入り、実際の調理も手伝っている。

「アスマ、豆はあたしが代わるよ。焦げ付かせないように煮るだけだろ？　あんたじゃなくてもいい仕事だ」

そう言って、遊馬の手から木製の柄の長いスプーンを取り上げたのは、ベケットの妻、ジェインだった。

いつも夫の指示で料理を作る側なので、今日はサブリーダーとして、厨房を仕切る役目を担《にな》っている。数日前から店を閉めて夫と共に城に入り、まさに働き詰めなのだろう。血色のいい丸い顔にも、さすがに疲れの色が見える。

「はい、豆が柔らかくなったら火を止めて、蓋《ふた》をして置いておけばいいですよ。潰すのは、料理を出す寸前、温め直してからで」

「わかってるよ。味は大丈夫かい？」

「今はちょっと物足りないと思いますけど、このままで。塩漬け豚が入っているから、塩気は十分なはずです。煮物は、冷えていく過程で中まで味が入りますし」

何げなく言葉を返した遊馬を、ジェインは感心した様子でつくづくと見た。

「あんた、遠い東の国の生まれって話だけど、あっちの男たちは、そんなに料理に詳しいのかい？　そんな細かいことを知っている男は、ポートギースにはなかなかいないよ。まあ、うちの宿六《やどろく》は別としてね」

そんなジェインののろけ交じりの感心の言葉に、遊馬は照れながら白状する。

「いえ、これは僕の知識じゃなくて、母がいつも言っていたことなんです。煮物は必ずいっぺん冷まさなきゃ、美味しくならないのよって。母のほうも、父の受け売りだったみたいですけど」

「へえ。じゃあ、あんたの親父《おやじ》さんが大したもんだ。けど、あんたも凄《すご》いよ。そもそも豆をソースに使うなんざ、あたしたちには思いもよらなかった。豆なんて、そのまま食べるもんだとばかり」

鍋を底からゆっくり掻《か》き混ぜつつ、ジェインはなおも遊馬を褒《ほ》めた。

「そこは、我ながらなかなかいいアイデアを出せたと思います。っていっても、やっぱり僕の発明ではないんですけどね」

重ねての賛辞はありがたく受け取ることにして、遊馬は鍋の湯気で薄く曇った眼鏡《めがね》を外し、シャツの袖でレンズを拭いてかけ直した。

賓客たちを満足させるためには、見てくれと味だけではなく、さりげなく腹に溜まる料理を出さなくてはならない。

それを考慮《こうりょ》して、遊馬は、いちばん手に入れやすい羊の肉をメイン料理に据え、その上で、この国で主食の一つとして食べられている干した白い豆を、どっしりしたソースに使うことを思いついた。

羊の大きなもも肉は、臭《くさ》み消しのローズマリーをうんと利《き》かせてローストし、布と蠟引《ろうび》きの紙に包んで、暖炉の前で保温しておく。そうすれば肉汁が落ち着き、味も馴染《なじ》んでよくなるばかりか、肉が焼きたてのときよりしっかりして、スライスしやすくもなる。

さらに、塩漬け豚や葱《ねぎ》と共に柔らかく煮た白い豆を潰して濃いソースにしてたっぷり添えることで、彩《いろど》りも美しく、食べ応えも増すというプランだ。

食感のアクセント用にと、赤砂糖をまぶして表面がカリッとするまで焼き付けたリンゴの薄切りも用意した。

何一つ高価な食材を使わなくても、試作のときに味見した皆から歓声が上がった、立派なご馳走の出来上がりである。

それは、遊馬が元いた世界で友人たちとビストロで食べた、豚肉のロースト料理を真似《まね》たものだった。

　つまり、身も蓋もない言い方をすれば「パクリ」なのだが、その料理を思い出せたことだけは自分の手柄にしたいと思う遊馬である。

「羊のローストのほうは、大丈夫ですか？」

「心配ないよ。ローストなら、お手の物だからね。暖炉の前にゴロゴロ転がしてある。あたしたちにとっては確かに大ご馳走だけど、それがよその国の王様たちのテーブルにも並ぶなんてねえ。驚きだよ。お気に召すといいけど。あたしたちの料理のせいで、王様と奥方様に恥《はじ》をかかせるわけにはいかないからね。ちょっとばかり心配だ」

　素直な懸念《けねん》を口にするジェインに、遊馬は笑顔で言葉を返した。

「王様だって、同じ人間ですよ。僕たちが美味しいと思うものは、どこの国の王様だって美味しいに決まってます」

　それは自分に言い聞かせる言葉でもあったのだが、ジェインは明るい表情になり、「そうだよねえ。マージョリーもそう言ってたわ」と頷《うなず》いた。

「そういや、あんた、あのマージョリー嬢ちゃんとはいい仲じゃないんだってね。仲がいいから、あたしゃてっきり……」

　大鍋の底をこそげるように掻き混ぜながら、ジェインはとんでもないことを言い出す。

遊馬は、頰《ほお》を赤くしてぶんぶんとかぶりを振った。

「ち、違いますよ！　仲がいいのは、仲間意識っていうか、友だちっていうか」

「何だよ、いっちょ前に色気づいた顔して。あの子に仲良くしてもらって、悪い気はしないんだろ？」

「そりゃまあ……し、しませんけど、考えてもみてくださいよ。マージョリーは毎日、世界でいちばん綺麗《きれい》って言っても過言じゃない男の人の顔を見てるんですよ。僕なんか、眼中に入るわけがないんですよ」

遊馬の説得力がありすぎる説明に、ジェインは「ああ！」とスプーンを持ったまま器用に手を打った。

「そういや、そうだったね。奥方様は男だった。あんまし綺麗なもんだから、つい忘れちまうよ。あのお方を見てると、男とか女とか、いちいち分ける意味のない御仁《ごじん》もいるんだなって思うよね。綺麗でお優しくて賢くて勇ましいお方、それだけで十分だ」

「ホントにそうですよね。……あ、こんなお喋《しゃべ》りしてる場合じゃなかった。じゃあここはお任せして、僕は他の料理を見てきますね」

「ああ、頼むよ。ほらあの、クロなんとか。今、大急ぎで作ってるところだから」

「わかりました！」

遊馬は慌ただしく行き交う人々の間をすり抜け、調理台の一つへ足を向けた。

小さな木製のテーブルを囲んだ女たちは、賑《にぎ》やかにお喋りをしながら、片時も休まず手を動かしている。

皆が両手を擦り合わせるように作っているのは、小さなボール状の白っぽい塊《かたまり》だ。大きな皿の上に、ほぼ同じ大きさにこしらえたボールが、どんどん積み上がっていく。たまに大きなものが交じるのはご愛敬《あいきよう》の範疇《はんちゆう》だ。

まるで月見団子のようにも見えるそれこそが、さっきジェインが言っていた「クロなんとか」、すなわち遊馬発案の「クロケット」である。

山国だけに、ポートギースの人々が食べられる魚は、数種類の川魚を除けばどれも塩漬けか干物《ひもの》にした海の魚だ。

中でももっとも安価に出回っているのは、大きな白身魚の半身をカチカチになるまで干したもので、それは見た目も味も、遊馬が日本で口にしたことがある棒鱈《ぼうだら》にそっくりだった。棒鱈と違ってかなり塩辛《しおから》いが、塩分さえ上手《うま》く抜けば、色々な料理に使えそうだ。

そこで遊馬は、その干し魚を使って、母親がよく作ってくれた棒鱈のクロケットを再現できるのではないかと思いついたのである。

幸い、幼い頃から何度も作るのを手伝ってきたので、レシピは頭に入っている。必要な食材にも、値の張るものや珍しいものは何もない。

干し魚は数日間、木樽《きだる》の中で水に浸し、ほどよく塩気が抜けて柔らかく戻ったものをしっかり茹《ゆ》で、皮と骨を除いて丁寧《ていねい》に身を解《ほぐ》す。

そこに、本来はジャガイモを使うのだが、この国にある、粘り気の極めて少ない里芋《さといも》のような芋を茹でて潰し、ほんの少しの小麦粉、溶き卵、芹《せり》に似た野草を刻んだもの、解した魚を混ぜて、しっかりしたたねを作る。

それを手で小さなボール型に整え、いちばん目の細かいふるいに掛けた小麦粉を薄くまぶして、あとはこんがり揚《あ》げれば完成だ。

ポートギースにはこれまで存在しない料理だったので、遊馬がアイデアを出したとき、皆は一様にキョトンとするばかりだった。

干し魚は野菜と一緒にぐらぐら煮て、遠い海を感じられる塩辛いスープにするのが唯一の調理法だったらしい。

だが、遊馬の指導で試作してみると、たねは前もって作っておけるし、調理過程も実にシンプルだ。

しかも当日、大きな揚げ鍋《なべ》を用意すれば、一度に大量に作ることが可能で、揚げ時間も極めて短くて済むので、ベケットは大喜びで採用してくれた。

今も時間的にはギリギリの進行だが、いくどか試作を繰り返したおかげで、皆、作業はスムーズで、慌てる様子はない。

「団子の大きさはこんなもんでいいかい、眼鏡ちゃん。あんたの可愛《かわい》い『団子』よりはだいぶでっかいだろうけど」

女たちのひとりが、若干《じゃっかん》の下ネタを絡めて遊馬をからかったので、女たちはどっと湧いた。

老いも若きも活気に溢《あふ》れ、いかなるときにもお喋りを忘れない。頼もしい女性たちの顔を見回し、遊馬は恥ずかしそうに頷いた。

「ええと……僕の何とかはともかく、完璧《かんぺき》です。皆さん、凄く楽しそうにやっていただけて嬉しいですよ」

「実際、楽しいからねえ」

「ほんとほんと。こんな風に団子をこねるなんて、子供の頃以来だもの。童心に返っちゃうよ。しかもそれが、芋と魚でできてるなんてねえ。マーキスの軍師様の考えることは、さすがだよ。あたしたちの想像を超えてる」

遊馬の母親くらいの年頃の女の発言に、みんなうんうんとしきりに同意してみせる。遊馬は、色白の顔をぼうっと赤くして、両手を振った。

「ちょ、やめてくださいよ、その軍師様っていうの。僕、そんな大それた役職の人じゃないですって。ただの鷹匠《たかじょう》の弟子ですよ！」

女たちがしきりに言う「マーキスの軍師様」という大それた誤解は、どうやらまたしてもマージョリーが発端らしい。

日本人のDNAのせいで、生粋《きっすい》のマーキス人とは顔立ちが違い、しかも奇妙な眼鏡をかけた遊馬は、ポートギースの人々の間でも、若干不思議がられる存在だったようだ。

今回の婚礼準備のために城へやってきた女性たちに「あの子は何なんだい？」と遊馬のことを問われたマージョリーは、よもや「異世界から来た人です」と本当のことを言うわけにもいかず、「マーキス王の信頼篤《あつ》き知恵者です」と、ギリギリ嘘ではない説明をした。

それを聞いた人たちが、「つまり、それは軍師に違いない」と勝手に結論づけ、城下に帰って広めてしまったのだ。

おかげで最近、遊馬はポートギースの人たちに「眼鏡ちゃん」だの「軍師様」だのと好き放題に呼ばれて閉口しているのだが、誤解を解きたくても、一度広がった話を揉《も》み消すのはもはや不可能のようだった。

「何言ってんのさ、今夜の宴会は、あんたの案がなければとても開けなかったよ」

「そうそう、もっと自信を持ちな。あんたがここで活躍すりゃ、きっと奥方様だって鼻が高いんだからね」

「鼻が高いって言やあ、奥方様についてあんたと一緒に来た、あの鷹匠の兄さん、背も鼻も高くて男前だねえ。あの人、国に奥さんがいるのかい？　それとも独り身かい？　だったらうちの娘がちょうど年頃なんだけどねえ。どうだろね」

猛烈なスピードでクロケットを丸めながら、女たちは好き放題に話を転がしていく。

クリストファーの縁談まで始まりそうになって、焦った遊馬がどう話をそらそうかと頭をフル回転させていたそのとき、厨房《ちゅうぼう》に駆け込んできたのは、「噂《うわさ》をすれば影がさす」という言葉どおり、クリストファー・フォークナーその人だった。

結婚式の警備を務めているため、今日はいつもの仕事着ではなく、マーキスから持参した登城用の上等な服を着ている。

本当は、王室儀礼の際に用いる一張羅《いっちょうら》を着ようとしたのだが、ジョアンの礼服がいささか質素に過ぎるため、ともすればクリストファーの服のほうが豪華に見えてしまう。そんな悲しい事情で、「ややよそ行き」程度の服装で職務についているらしい。

「おや、男前の鷹匠さんだ。いい男には、いい服が似合うね」

「あたしもあと十年若けりゃねぇ」

にやついて囁《ささや》き交わす女性たちには目もくれず、クリストファーは厨房じゅうに聞こえるよう、両手を口元に当てて大声で叫んだ。

「結婚式は、めでたくも滞《とどこお》りなく終わった！　これより小休止の後、賓客《ひんきゃく》の方々を宴会場へとご案内する。皆、料理の仕上げを頼むぞ。じきに、給仕たちが料理を取りに来るが、手の空いている者は料理の運搬《うんぱん》にも手を貸してくれ」

女性たちは口々に了解の返事をし、ジェインは一同を代表してクリストファーに声を掛けた。

「お疲れ、マーキスの鷹匠さん。うちの人は、宴会場で上手くやってるかい？」

「ああ、さっき覗《のぞ》いてきたが、彼いわく寄せ集めの『軍隊』を指揮して、奮闘してくれているようだ。宴会場の準備は滞りなく進んでいる。厨房のほうも、あんたが束ねてくれていてありがたい」

「あんたにお礼を言われるのは悪い気がしないけど、そんな筋合いじゃないだろ」

「そんなことはない。奥方様は、我が主の弟君だ。そのお方の婚礼のため、皆が力を寄せてくれることは、本当にありがたい」

慌ただしくも折り目正しく一同に頭を下げるクリストファーに、女性たちはさらに色めき立つ。

（あああ、クリスさん、こんなところでとんでもないモテ期が到来してるなんて、絶対気

付いてないんだろうな……。ずっとロデリックさんのお守りばっかりで、恋愛方面には超《ちょう》堅物《かたぶつ》だもんな）

日頃なら盛大に冷やかすところだが、今はそんな余裕がない。女性たちが余計なことを言い出さないうちに持ち場に戻ってもらおうと一歩前に出た遊馬に、クリストファーのほうが先に声を掛けた。

「アスマ、お前も宴会場のほうへ来てくれ。そろそろ、テーブルの準備を仕上げねばならん。ベケットは、他にもあれこれ役目があって忙しい。お前に、手伝ってほしいそうだ」

「わかりました！　一緒に行きます。……じゃあ皆さん、もうしばらく大変ですけど、よろしくお願いします」

遊馬はペコリと頭を下げ、クリストファーについて厨房を出た。背後から女性たちの励《はげ》ましと、クリストファーを連れていってしまうことへの恨み節が追いかけてくる。

「クリスさん、城下町の女性たちにモテモテですよ」

クリストファーの大股《おおまた》に並んで歩こうとすると、遊馬は小走りにならざるを得ない。息を弾ませながらそう言うと、クリストファーは太い眉根《まゆね》をギュッと寄せた。

「忙しいときに、何を馬鹿なことを。そんなわけがあるまい」

「ホントですって。式が終わったら、色んな人に追いかけ回されるかもしれませんね。あっ、それより、お式はどうでした？　ヴィクトリアさん、綺麗《きれい》でした？」

猛スピードで歩きながらも、クリストファーは一文字《いちもんじ》に引き結んだ唇を、ふっと緩《ゆる》めた。

「黒衣のロデリック様に手を引かれた、純白の衣装に身を包んだヴィクトリア様は、それはもうこの世のものとは思えぬほど美しかったぞ。あのロデリック様が、ほんの僅《わず》かではあるが、緊張なされていた」

「マジですか！　ヴィクトリアさんの晴れ姿も見たかったけど、緊張してるロデリックさんも滅茶苦茶《めちゃくちゃ》見たかった……」

「まあ、ロデリック様は俺にしかわからん程度だったと思うが。ヴィクトリア様の神々《こうごう》しいお姿は、お前にも見せてやりたかった」

「見たかったなあ。披露宴では着替えちゃうんですよね。残念」

「そうだな。そしてジョアン陛下は……」

「さすがに今日はかっこよかった？　男前でした？」

「いや……その、何と言えばよいか」

「はい？」

クリストファーは気まずそうな顰《しか》めっ面《つら》で、ボソリと言った。

「ロデリック様が、『馬子《まご》にも衣装とからかうつもりで来たのだが、言えぬ。あの御仁は、かような日にも驚くほど日頃と変わらぬな』と仰《おお》せであった。俺も、概《おおむ》ね同感といったところだ」

「……わあ」

遊馬は思わず噴き出した。

一国の王に対してどうにも不敬《ふけい》だとは思うが、ロデリックの言葉とクリストファーの表情だけで、状況はだいたい理解できる。

ほんの少し上等な服を着込んだだけで、あとはいつもと同じ飄々《ひょうひょう》としたジョアン王の姿が目に浮かび、何とも微笑《ほほえ》ましい気持ちになったのである。

「それが、ジョアン陛下のいいところだと思いますよ」

「そうなのだろうな。女神のようなヴィクトリア様の手を取る冴えない王の姿に、正直、大広間に詰めた賓客からは失笑が漏《も》れていたが……それすら、客人を楽しませることができてよかったと仰せになりそうなお方だ」

「確かに。でも、何のトラブルもなくてよかった。アングレからのお客さんも、もう難癖《なんくせ》をつけたりはしないでいてくれたんですね。ロデリックさんのおかげだ」

遊馬の言葉に、クリストファーは初めて安堵《あんど》の面持《おもも》ちになり、小さく頷《うなず》いた。

好色なアングレ王がヴィクトリアに執着していたせいで、この結婚は一度、暗礁《あんしょう》に乗り上げかかった。

　ヴィクトリアが手に入らぬならとアングレ王から突きつけられた無茶な要求に、遊馬とクリストファー、それにロデリックの奮闘の結果、どうにか応えることができ、今日という日にこぎ着けたのだ。

　国の内外を問わず、無愛想で陰鬱《いんうつ》な王だと思われているロデリックだが、本当は驚くほど情に篤《あつ》い。

　敢《あ》えて自分の手柄をアピールしようとはしないが、義弟となったジョアンと実弟ヴィクトリアのため、身の危険をいとわず単身アングレ王国に乗り込んだことは、今もマーキス社交界の語り草になっている。

　かつての属国であるマーキスを一段も二段も下に見ていたアングレ王も、そんなロデリックの意外な行動力に感銘《かんめい》を受け、彼についての印象をかなり上方修正したようだ。

　大国アングレ対島国マーキスという圧倒的な力関係は変わらないにせよ、両国の王が互いに認め合うというのは、おそらくいいことなのだろうと遊馬は感じている。

「アングレ皇太子も、此度《こたび》は問題を起こすなと王より言われておられるのだろう。冷笑的ではあるが、無理なことは何も仰《おっしゃ》らぬ」

「よかった。じゃあ、あとはこれからの宴会さえ上手《うま》くいけば、今回の結婚式は大成功ですね」

「宴会さえ、だと？　むしろ宴会こそが本番だぞ。何を浮かれたことを言っている」

「あ……そうでした。すみません」

軽口を反省してしょんぼりした遊馬を横目に見て、クリストファーは妙に感情を消した声でこう言った。

「今日を境に、ヴィクトリア様は正式にポートギースのお方となった。おそらく今夜の宴《うたげ》が、俺たちがヴィクトリア様の御為に働ける最後の機会となるだろう」

その、痛みをこらえるような声の響きに、遊馬はハッとする。

「クリスさん、それってもしかして、僕たち、マーキスに帰るってことですか？　ロデリックさんにそうするよう言われたとか？」

「ロデリック様は何も仰らぬ。だがそもそも、ヴィクトリア様がポートギースに馴染《なじ》まれるまでという約束で、我々はお供したのだ。ご結婚が成り、お二方が睦《むつ》まじく手を携《たずさ》えてこの国を盛り立てていかれるであろうと確信できた以上、いつまでも留まるわけにはいくまい。去るには、よい節目だと思う」

どこか切り口上《こうじょう》でそう言い、クリストファーは広い肩をそびやかした。

「確かに……そうですけど。何だか寂しいな。色々あったから、愛着が湧いちゃって」

「それは、俺とて同じだ。だからこそ、最後のご奉公と心得て、今宵《こよい》の務めに粉骨砕身《ふんこつさいしん》する覚悟だ。お前も、気合いを入れ直せ」

「……わかりました！　何だかもう、色んな仕事がしっちゃかめっちゃかに同時進行中ですけど、こうなったら手当たり次第に頑張ります！」

両手で頬《ほお》をペチンと叩いてみせる遊馬に、クリストファーは精悍《せいかん》な頬にほんの一瞬笑みを過《よ》ぎらせたが、すぐ真顔に戻り、歩き続ける。

（そっか……。忘れてた。僕、いつまでもポートギースにいられるわけじゃないんだよな。いや、そもそもこの世界にずっといるわけでもないんだった……たぶん）

ここしばらくずっと続いていたお祭り騒ぎに浮かれていた心が、紙風船を潰すように呆《あっ》気《け》なくしぼんでいくのを感じ、遊馬は忙しく脚を動かしながらも、ふっと醒《さ》めた気持ちになった。

魔術師ジャヴィードによれば、遊馬が元の世界に帰れるかどうかは、さっぱりわからないそうだ。

たとえ帰還のチャンスが巡ってくるとしても、それがいつかはわからない。明日かも、一年先かも、十年先かもしれない、あるいはお前の命が先に尽きるやもしれぬと、自称二百八十二歳の大魔術師は、頑是《がんぜ》無《な》い子供の顔を邪悪に歪めて笑っていた。

(何だか、もとの世界に帰りたいって気持ちが、どんどん薄くなっていく気がする。いっぺん帰ったのに、また引き返してきちゃったせいかな。それとも……)

軽く息を乱しながらも、遊馬の思考はクリアだった。

(それとも、この世界にいるときのほうが、「生きてる」って実感できるからだろうか。あっちの世界でも、一生懸命生きてたと思うけど、こっちに来てからは、真剣の度合いのケタが一つ二つ、多い感じだもんな)

地下牢《ちかろう》に放り込まれることも、鋭い剣の切っ先を鼻先に突きつけられることも、大昔のヨーロッパさながらの素朴《そぼく》な生活をすることも、自分の命を危機に晒《さら》して仲間のために奔《ほん》走《そう》することも、この世界に来なければ、一生経験することはなかっただろう。

ここに来てから、人間の命はより軽く、一方で毎日の生活はより濃密になったように感じられる。

確かに両親には切実に会いたいし、医師になる勉強もまだ道半ばだ。元の世界にも未練はあるが、それよりもこの世界に対する愛着のほうが日に日に増している。

それは果たして正しいことなのだろうか。

(いけないいけない。確かにそれについては真剣に考えなきゃいけないけど、今じゃない。今はとにかく、目の前のことにベストを尽くさなきゃ)

物思いに沈みそうになる自分を叱《しか》りつけ、迷いを心の奥底に無理矢理押し込んで、遊馬はクリストファーの広い背中を追いかけた。


ほどなく二人が到着したのは、城の屋上だった。

そこが今夜の「披露宴会場」である。

実はポートギース城で、大人数を収容できる部屋は大広間しかない。

かといって、厳《おごそ》かに結婚式を終えるなり、大広間にテーブルや椅子《いす》を持ち込んでガサガサと宴席を設営するのでは、あまりにも間が抜けている。

どうしたものかと頭を悩ませたベケットたちに、思いきって屋上を使ってはどうかと提案したのは、他ならぬ遊馬だった。

彼が思い出したのは、日本の夏の名物、ビアガーデンだった。

デパートの屋上で皆が楽しそうに飲み食いする姿を思い出し、それをこの世界の城でもやればいいのではないかと思いついたのだ。

しかも、屋上からは、頭上に迫る洞窟《どうくつ》の岩肌を間近に見ることができる。きっと野趣溢《やしゅあふ》れるイベント会場になると、遊馬は確信していた。

この世界の人々には、城の屋上で宴会をするという発想はなかったらしく、皆、度肝《どぎも》を抜かれていたが、とはいえ他に代案もなく、結局、遊馬のアイデアが採択された。

それが間違いではなかったことを、屋上に一歩踏み入った瞬間、遊馬は確信した。

だだっ広い屋上は、ベケットの指揮の下、立派な宴会場に姿を変えていた。

鋸壁《のこかべ》に添ってぐるりと配置された松明《たいまつ》の灯りが、洞窟のアーチ状の天井にゆらゆらと映えて、実に幻想的だ。

いちばん奥まった壁際に一段高い段を設け、そこに新郎新婦である国王夫妻が座るためのテーブルを置き、ようやく残雪の下で咲き始めた黄色い花を、根ごと丁寧《ていねい》に掘り起こしてきて、綺麗《きれい》な素焼きの鉢《はち》に入れてズラリと並べてある。

それは遊馬の知る披露宴会場の高砂《たかさご》席の真似《まね》に過ぎないのだが、この世界ではずいぶん斬新《ざんしん》なデコレーションだったらしく、ベケットは、自分の店でも取り入れたいと大喜びしていた。

さらに、賓客《ひんきゃく》たちを驚かせる趣向として、宴会場のど真ん中には薪《まき》を大量に組み上げ、大きな焚《た》き火《び》を燃やしている。いわば、どんど焼き、あるいはキャンプファイヤーの趣《おもむき》だ。

そして賓客たちのためのテーブルは、その焚き火を中心にして、放射状に配置されている。それは、せっかく来てくれた客人に、上下の別をできるだけつけたくないというジョアン王の意向が反映されたものだった。

宴会場では、城下の人々に交じって、さっきまで警備に当たっていた兵士たちが武器を置き、会場の設営におおわらわである。

その中から、中肉中背《ちゅうにくちゅうぜい》のありふれた体格ながら、やけに明るいオーラのある男性がひとり、大きく手を振って二人に近づいてきた。

「おう、フォークナー、アスマ！」

声にも張りがあり、よく通る。人懐っこいクシャッとした笑顔のその男性こそ、この披露宴の責任者ベケットだった。

「ベケットさん！　どうですか、進行具合は。何か問題は？」

心配そうに訊ねる遊馬に、ベケットは得意げにわし鼻の下を擦って答えた。

「特にねえ。多少のことは、計算のうちだ。どうしようもないことは、今さら慌てたって仕方ないからな」

そんな開き直りを口にして、ベケットは、兵士たちが四人がかりでえっちらおっちら運び上げてきた木樽《きだる》を指さした。

「昼間、あんたが急に言い出したとおり、リンゴ酒は樽ごと持ってきて、燃えねえ程度に焚き火の近くに据えとくぜ。けど俺ぁ、普段の宴会のときは、最初っから水差しに注いで、テーブルの上にどーんと置いておくんだがな。そのほうがすぐ飲めんだろ。なんで樽なんだ？」

そんなベケットの疑問に、遊馬は照れ臭《くさ》そうに頭を掻《か》いてこう説明した。

「上手《うま》く言えないんですけど、高いワインとかそういうのは出せない都合上、僕らがお客さんたちに提供できるのは、エンターテイメント性っていうか、ライブ感っていうか、そういうものだと思うんですよね」

遊馬が口にした横文字がさっぱり理解できなかったのだろう。ベケットとクリストファーは、キョトンとして顔を見合わせる。遊馬は慌てて言葉を変えた。

「ええと！　だから、つまりただ飲み物や食べ物をどーんと置くだけじゃ、つまんないじゃないですか。同じリンゴ酒でも、目の前で樽から汲《く》んで提供すると、凄《すご》く新鮮に感じられるし、特別なサービスを受けてるって気持ちになれると思うんです」

クリストファーは、なるほどと手を打った。

「お前が最初に口にした言葉はさっぱりわからんが、後の説明はわかりやすい。確かに汲みたての酒というのは、なかなかにいい感じだ」

ベケットも腕組みして、うんうんと感心しきりで頷《うなず》いた。

「なるほどなあ。同じ酒でも、出しようによって違いが出るってわけか。面白ぇ。だったらアレだ、いっそこの酒はこのリンゴから作ったってのを見せると、さらにいいんじゃねえか？　リンゴなら、厨房《ちゅうぼう》にまだゴロゴロあったろ」

「あっ、そうですね。確かに、そういう情報も凄く効果的だと思います！」

遊馬のお墨付《すみつ》きを得たベケットは、張り切って近くを通り掛かった若者を捕まえ、厨房からありったけリンゴを持ってきて、テーブルに置いてまわるよう指示した。若者は二つ返事で、階段を駆け下りていく。

それと入れ違いに、食器や冷たい料理を厨房から運んできた人々が現れ、テーブルの上にどんどん並べ始める。

ベケットの言葉どおり、宴席の支度《したく》は順調に進んでいるようだ。

「さてと、僕はここで何をお手伝いしましょうか」

遊馬が訊ねると、ベケットは手近なテーブルを指さした。

「設営は、俺たちで十分だ。前もって打ち合わせたとおりにやれる。あんたにゃ、細けぇところを頼む。特にテーブルの上のことは、お偉い人に失礼があっちゃ大変だからな。そのへんに詳しいマーキスのお人に任せるよ」

クリストファーも、それに同意した。

「そうだな。それがいい。俺はそろそろ、客人たちをここに誘導する仕事を手伝いに行かねばならん。お前に頼むぞ、アスマ」

「わかりました！　じゃあ、また後で」

二人と別れて、遊馬は手近なテーブルから仕事にかかった。

城下の人々は頑張って働いてくれているのだが、テーブルマナーなど知る由《よし》もなく、スプーン程度は使うものの、他はほぼ手づかみで食事をしている人も多い。

それだけに、各席にカトラリーを一式ずつ置いてあるものの、並べ方はかなり自由で、遊馬は「ああ……」と溜め息を漏《も》らしながら片《かた》っ端《ぱし》から並べ直して歩いた。

この世界のカトラリーは、スプーンこそ遊馬がよく知っているものと大差ないが、フォークは鉾《ほこ》のように真っ直ぐで反りがなく、ナイフはテーブルナイフというより、狩猟用の小刀の趣だ。

しかも、ナイフだけは鋼製だが、フォークとスプーンは木製で、豊かな国ならば庶民《しょみん》しか使わないようなものだ。

ポートギース王室には銀の食器は十人分ほどしかなく、大人数のためのカトラリーを揃《そろ》えようと思うと、木製か陶製《とうせい》しか選択肢《し》がない。

ヴィクトリアは、マーキス王国から銀のカトラリーを借りることを提案したが、遊馬は敢《あ》えて木製のカトラリーを使おうと主張した。

ポートギースの木製カトラリーは、木工職人が、家具作りの合間の手すさびに端材から削《けず》り出したもので、何とも言えない手仕事の温もりがある。

半ば遊びの産物とはいえ、そこは職人のプライドのなせる業《わざ》で、スプーンなど、縁は驚くほど薄くなるまで丁寧《ていねい》に削り、細かい砂で磨《みが》いてある。おかげで、それを使ってものを食べると、口触りが驚くほど優しくなるのだ。

そんな心のこもった品こそポートギースの良さを体現するものだというのが、遊馬の考えだった。

皆、いささか訝《いぶか》りながら、遊馬のそんな考えを受け入れた。そして、長い冬の間、木工職人たちは手分けして、たくさんのカトラリーを揃えてくれたのだった。

（とはいえ、お客さんたちが僕の演出を気に入ってくれるかどうかは未知数だし、だんだん不安になってきたな）

テーブルからテーブルへと移動して設《しつら》えを整えながら、遊馬は急に増した不安に身震いした。

これまで、ジョアンとヴィクトリアの結婚式を成功させたい一心で頑張ってきたが、もし自分のアイデアが原因で失敗したら……と思うと、途端に恐ろしくなる。

（必死だったからあんまり深く考える余裕がなかったけど、これ、万が一にも下手《へた》すると、僕が異世界の一つの国の運命に影響を与えちゃうことになるんじゃ……）

自分の行為の是非《ぜひ》を今さら考えても仕方がない。そう思っても、いったん湧き上がった不安はそう簡単に去ってはくれない。

思わず両手で自分の二の腕を擦った遊馬は、背後から突然声を掛けられ、驚いてビクリと身を震わせた。

勢いよく振り返ると、面食らった顔の若者が立っていた。歳《とし》の頃は二十五、六、古びてはいるが仕立てのいい衣服を着込み、胸当てつきの前掛けを着けている。

その若々しく、美青年ではないが人懐っこそうな、柴犬《しばいぬ》を思わせる顔には見覚えがあった。確か、この婚礼のために出稼《でかせ》ぎ先から戻ってきた家臣のひとりのはずだ。

「あっ、す、すみません、ちょっとぼんやりしてたので、つい。ええと……」

相手が軽くのけぞったまま硬直しているのに気付いて、遊馬は慌てて謝り、弁解しようとした。しかし咄嗟《とっさ》に名前が出てこなくて困惑しているうちに、相手はそれに気づき、ニッと笑って、分厚い革手袋を嵌《は》めた手で、自分の顔を指さした。

「フリンです。ギルバート・フリン。出稼ぎ先のアングレから、三日前に戻りました」

「……ああ！　フリンさん！　そうだ、クリスさんの鷹《たか》を見に来てくださいましたよね」

遊馬はようやく名前と顔が一致して、安堵《あんど》の笑顔になった。

青年……フリンも、そうそうと笑顔で頷いた。

「実は自分も子供の頃から鳥が好きでして。飼ったことがあるのは怪我《けが》をした小鳥くらいなのですが、鷹を飼うのはずっと憧れだったのです。なので、マーキスから奥方様についてきたご家来衆が愛鷹をお連れだと聞いて、飛んで行ってしまいました」

「そうそう、そうでした」

三日前の夕方、いきなり「鷹を見せてください！　触らせてくれるともっと嬉しいです！」と興奮しきった顔で飛んで来た若者の姿、そして面食らって仁王立《におうだ》ちになってしまったクリストファーの姿を思い出し、遊馬はさっきまでの不安をいったん忘れ、クスリと笑った。

フリンも笑顔で、「驚かせてすみませんでした」と栗色の髪を短く刈り込んだ頭を掻《か》いた。

「初めて鷹を手に止まらせてもらって、嬉しかったなあ」

クリストファーの愛鷹ヒューゴのかぎ爪の感触を思い出しているのだろう。自分の腕を眺めてニコニコするフリンにつられて、遊馬もさっきまでの不安を上手い具合に追い払うことができた。

「ヒューゴは凄く穏やかな気質のノスリなんですけど、それでも初対面の人の腕でくつろいだりは、なかなかしないんですよ。フリンさんは余程いいお人なんだろうって、クリスさんが言ってました」

「いやあ、そんな。自分がどうこうではなく、鷹に憧れてきた気持ちが伝わったんでしょう。賢い鷹だそうだから」

ヒューゴへの敬意を込めてそう言う彼の手には、火の燃え具合を見て適宜《てきぎ》投げ込むための薪《まき》がひと束、抱えられている。どうやら、焚《た》き火《び》の管理をひとりで担《にな》っているらしい。

遊馬は、不思議に思って彼に訊ねた。

「フリンさんは、ジョアン陛下の家臣……なんですよね？」

フリンは照れ臭《くさ》そうに肯定する。

「ええまあ、一応」

「一応？」

「曾祖父《そうそふ》の代から、我が家はお城の美術品の管理をしてお仕えしてきました。父は今もその仕事に就《つ》いています、一応」

「また、一応？　それに、美術品の管理をしているようなお家の人が、どうして焚き火の番を？　その、勿論《もちろん》焚き火の番は大事な仕事ですけど、城下の人でもできるんじゃ」

無礼を承知で敢えて訊ねた遊馬に、フリンは怒りもせず、むしろ少し寂しそうな顔で、薪を石のタイルの上にそっと置いた。

「アスマどの。確かに曾祖父と祖父は、美術品の管理をさせていただいておりました。しかし、父がお役目を引き継ぐ頃にはこの国の財政は悪化の一途で、美術品を新たに手に入れることはなく、手放すことばかりが増えて」

「……あ……」

「もはや、お城の中には美術品なんて残っていません。それはご存じでしょう？　父はまだお役目をいただいていても、もはや仕事はなく隠居《いんきょ》同然。自分も父の補佐ということになっていますが、お国のために少しでも役に立つべく、ずっと出稼ぎに行っています」

「すみません！　僕、無神経なこと聞いてしまって」

遊馬は心底反省して、フリンに謝った。だがフリンは、笑ってかぶりを振った。そして、床に置いた薪から数本抜き取ると、実に無造作《むぞうさ》に焚き火に向かって薪を投げた。

絶妙のコントロールで、薪は炎の中に吸い込まれるように消えていく。

フリンはしょんぼりしている遊馬の肩を、分厚いゴワゴワした手袋をはめたままポンと叩いた。

「気にしないでください。火のお守りも、喜んでやってます。出稼ぎ先では、家臣も何もありません。自分は、ただの働き手です。祖父とかつて取引があった陶工《とうこう》の工房で、見習いから始めて、今、ちょうど窯炊《かまた》きの修業中なんです」

なので、火の調整は得意でもあり勉強にもなり、と付け加えて、フリンはまた薪を二本投げる。

遊馬は感心してその鮮やかな手つきを見守った。

「なるほど、適材適所ってわけですね」

「そうそう。そんなわけで、こっちに帰ってきても、家臣でございなんて偉そうな顔はできないんです。家臣らしいことをした経験がないもので」

少し打ち解けてきたのか、多少ざっくばらんになってきた口調でそう言い、フリンはテーブルを指さした。

「話しかけて、邪魔をして悪かったです。作業に戻ってください。お互い、遊んでる暇はありませんから」

「そうでした！　じゃあ、フリンさんも、焚き火の管理、よろしくお願いします。この焚き火で、みんな夜の寒さを忘れられると思うので」

「任せてください」

フリンが手袋のせいで特大サイズになった手で自分の胸を叩くのを見てから、遊馬は再びテーブルチェックの作業に戻った。

完全な屋外ならそうはいかないのだろうが、屋上の半分近くは洞窟《どうくつ》内に入っているので、巨大な焚き火の熱が洞窟内でゆっくり対流して、本当に夜の寒気が少し和《やわ》らいでいる。どうしても多少火の粉が飛ぶのが唯一の問題だが、万が一、何かに火が燃え移ってもすぐ消し止められるよう、会場のあちこちには、水をたっぷり張った素焼きの瓶《びん》が用意されている。

遊馬がカトラリーを並べ直して歩いている間に、それぞれのテーブルの上に、大皿料理が三品ずつ並べられていく。

厨房《ちゅうぼう》が不慣れで、料理を供《きょう》するのに時間がかかる可能性が高いので、客たちが手持ち無《ぶ》沙汰《さた》にならないよう、自由に摘《つ》まんでもらえる料理を最初から置いておくことにしたのだ。

そのうちの一品は、さっき厨房で女性たちがせっせと丸めていた干し魚のクロケットだ。

小麦粉をまぶして油でカリッと揚《あ》げてあるので、少しくらい時間が経ってもふにゃふにゃにならず、指で気軽に摘まむことができる。

(皆さん、気に入ってくれたらいいいな)

そう思いながらテーブルの上を整えていると、「ちょっとどいて」という無愛想な一声と共に、誰かが遊馬のすぐ横からニュッと手を出して、テーブルの上に大きな鉢《はち》を置いた。

中身は、この国で長い冬の間、おそらくは経験的にビタミンを摂《せっ》取《しゅ》できるよう考案された料理のひとつだと思われる、リンゴと胡桃《くるみ》とクレソンのサラダである。

リンゴ酒で作った甘みのあるヴィネガーと木の実のオイル、そして粗《あら》い塩で和《あ》えた、さっぱりした一品だ。

「あっ、すみません。邪魔でしたね……って、うわあっ」

謝って脇に退こうとした遊馬は、その鉢を持ってきた人物を見るなり、驚きの声を上げて飛び退った。

「ど、ど、どうしてここに？　何してるんですかっ」

その大袈裟《おおげさ》ぶりも無理はない。彼の目の前にいるのは、本日の新郎ジョアン王の先妻の忘れ形見《がたみ》、十二歳のキャスリーン王女だったのである。

「決まってるわ、宴《うたげ》を手伝うためよ」

見れば、キャスリーンはどこから調達したものか、結婚式で着用していたものであろう彼女にしては最大級に贅沢《ぜいたく》なドレスの上から、まるで割烹着《かっぽうぎ》のような上っ張りを着こんでいる。

遊馬は軽い頭痛を覚え、こめかみに手を当てながら、キャスリーンを窘《たしな》めようとした。

「待ってください。姫様は一応ホスト側……ええと、おもてなしする側じゃないですか」

「だから手伝うって言ってるのよ。何をすればいい？」

「じゃなくて！　おもてなしするっていっても、僕らみたいにサービスするほうじゃなくて、ニコニコしながらこう、ご歓談とかそういう……」

「向いてない」

「ズバリそのとおりですけど！　だからって、姫様が料理を運ぶなんて」

「いいから。言い合いしてる暇ないんでしょ？　ほら、みんな来始めちゃったわよ」

「うわ、ホントだ」

ポートギースに来てから、ずっと好奇心をくすぐられっぱなしなのだろう。

結婚式より幾分気楽な衣装に着替えた賓客《ひんきゃく》たちが、物珍しそうに辺りをきょろきょろ見回しながら、三々五々《さんさんごご》、屋上に姿を現す。

皆、遊馬たちの期待どおり、シェルターの如く頭上にせり出す洞窟に驚き、それから今日の野趣《やしゅ》溢《あふ》れる宴会場を面白がっているようだ。

「うわっ、ヤバイ！　もう姫様でも何でもいいや、手伝ってください！　カトラリーをきちんと並べ直して、テーブルの上が綺麗《きれい》に整っているかどうかチェックするんです」

「姫様でも何でもいいやって何よ、失礼ね！」

「いいから！　姫様なら、マーキスでテーブルマナーを教わったから、信用できますし」

「そんな適当な褒《ほ》め言葉じゃ、不敬《ふけい》の罪は許せないわよ！　あとでお仕置きしてやるんだから！」

遊馬が慌てていることは十分に伝わったのだろう。彼のぞんざい極まりない手伝い要請《ようせい》に思いきり膨《ふく》れっ面《つら》になりながらも、キャスリーンは軽やかな身のこなしで、遊馬の作業を手伝い始めた……。

三章　予定は未定

かつて遊馬《あすま》は、マーキス城の料理長から、上流階級における宴会料理の心得を説《と》かれたことがある。

「いいかい、宴《うたげ》でやんごとなき方々にお出しする料理に何より必要なのは、珍しいことだよ。あのお方たちは、旨《うま》いものを召し上がりに来てるっていうよりは、話のタネを拾いに来てらっしゃるんだ。そりゃ勿論《もちろん》、旨いに越したこたぁない。でも、旬《しゅん》の旨いもんより季節外れのもん、どこの国でもなかなか手に入らないような珍奇なもんが上等なんだ。あたしらにしてみりゃ、馬鹿馬鹿しいけどね」

それを聞いたとき、つい「江戸《えど》っ子における初鰹《はつがつお》ですね」と応じてしまい、「何だって？」と訊き返されて慌てた遊馬だが、どこの世界にも「味よりも希少性で珍重される食べ物」があるのだな、という感慨《かんがい》が深くて、今も忘れられない話だ。

ただ遊馬自身は、やはり食べ物は食材の命を貰《もら》う以上、珍しさと共に美味《おい》しさも大事にしたいと思う。

特に今回は珍しい食材を手に入れるのが難しい懐《ふところ》事情なので、料理長の教えには背くことになるが、美味しさを第一に据え、そこに調理法やサービスで出来る限りの珍しさ、目新しさを上乗せしていく。

遊馬が打ち出したそんな方針に、ベケット夫妻も「それなら俺たちにもやれるかもしれん」と同意してくれた。

そんなわけで、料理の他にも、遊馬が彼の世界から持ち込んだアイデアが、今回の披露宴には生かされている。

それぞれの客人の座席にセットされているのは、カトラリー一式と、料理を盛り分ける大きな木製の皿だ。そして、皿の上にペラリと置かれているのは、一枚の四角いカードである。

そのカードには二十五の小さなマスが描かれており、それぞれのマスの中には、九十九までの数字がランダムに書き込まれている。ただし、中央のマスだけ、描かれているのは小さな星だ。

そう、それは手描きのビンゴカードだった。

せっかくなので、賓客《ひんきゃく》たちには、ポートギースの工芸品を持ち帰ってほしい。とはいえ、すべて手作りだけに、全員に行き渡るだけの数を用意できなかった製品も多い。

だからといって、人によって手土産《てみやげ》の数や内容に差をつけるのは、いくらなんでも無礼が過ぎる。

そこで遊馬が提案したのは、土産品の一部を、ビンゴゲームの賞品にすることだった。

宴がだれてきた頃にビンゴゲームをして、上がりになった人から好きな品物を選んでもらえば、きっと座が盛り上がるし、土産を押しつけられたのではなく、自分が勝ち取ったと思えるので、当人の中で品物の値打ちも上がるに違いない。

客人たちは、不思議なカードを眺めて首を捻《ひね》っており、給仕係たちがすかさず、「それは後ほどお使いいただきますので、しばし大切にお持ちくださりますよう」と声をかけて回っている。

(上手《うま》くいけばいいな)

さすがにぐるぐる回すバスケット状のビンゴゲーム機までは手が回らなかったが、てっぺんに手が入る大きさの穴を空けた木箱に、番号を書いた札を入れたものを用意した。

(僕の世界ではイベントの鉄板《てっぱん》行事だけど、この世界の人たちも気に入ってくれるだろうか。どん引きされたら困るなあ……)

祈るような気持ちで客席を見守る遊馬の傍に、賓客たちのエスコート役を務めているクリストファーがスッと近づき、こう耳打ちした。

「あとは、アングレ、フランク両王国の特使とロデリック様を席にご案内したら、すぐに陛下と奥方様が入ってこられる。最初の料理の支度《したく》を急……うわッ」

冷静沈着だったクリストファーだが、遊馬の隣にいるのがキャスリーンだと気付くと、驚いてマンガのように飛び退る。

「ひ、ひ、姫様？　お姿が見えないと思ったら、こんなところで！」

「世継ぎの姫が先頭に立っておもてなしをしていたら、感動するでしょ？　これが私の……ええと、アスマが言ってたあれ。サバ？　スパ？」

「サプライズ。……僕も止めたんですけど、聞くような人じゃないですし。それに人手が増えるのは大歓迎なので、もう自己責任で好きにやってもらうことにしました。じゃ、最初の料理をスタンバイしますから、入場のほう、できるだけスムーズにお願いします」

開き直ると途端に腹が据わる遊馬に、クリストファーは目を白黒させつつも頷《うなず》いた。

「わ……わかった。では頼んだぞ。姫も、くれぐれも問題を起こされませんよう」

「わかってますよーだ。私だって、マーキス王国で礼儀作法《れいぎさほう》を学んだ貴婦人なんだから」

「その受け答えが、既に貴婦人のそれではないから心配しているんですがね」

「何ですって？」

「何でもありません。では、失礼」

クリストファーはゲンナリを絵に描いたような顔をサッと引き締め、必要以上に慇懃《いんぎん》なお辞儀《じぎ》をして、クルリと踵《きびす》を返す。

「何よ、あれ。やっぱりフォークナーは、いつになっても私にだけ厳しい！」

餌《えさ》を頬張《ほおば》ったハムスターのような膨《ふく》れっ面《つら》をするキャスリーンを、遊馬は苦笑いで宥《なだ》めた。

「まあまあ、きっとそれが、クリスさんの愛情ですから。それより、これからが大変ですよ。ホントに、お客様に失礼がないようにお願いします。特に、フランクとアングレの特使には」

「アスマまでうるさいこと言うの、やめてよ。私たち、友達でしょ？　だったら、信じてどーんと任せなさい！」

「うう、ますます任せたくないなあ……」

「何？」

「いやいや、何でもないです。わかりました。じゃあ、姫様は厨房《ちゅうぼう》へ行って、最初の料理を出す準備をと、ジェインさんに伝えてください。勿論、お手伝いもお願いしますね」

「わかったわ！」

キャスリーンは返事をするが早いか、階段に向かって駆け出していく。

正直、本人が大張り切りとはいえ、一国の姫君を使いっ走りに使うのは、さすがの遊馬も気が引ける。

だが、厨房を仕切るジェインは、肝《きも》っ玉《たま》の太い、気さくな女性だ。きっとお転婆《てんば》なキャスリーンのことを気に入るに違いない。

いつか国を背負うキャスリーンにとって、城下に頼れる人物ができることは、きっといいことだろう。

それが、さっきクリストファーからここを去る予定を告げられた遊馬が、咄嗟《とっさ》に考えたことだった。

キャスリーンとは「友達」でいようと約束した間柄だ。それを違《たが》えるつもりはこれっぽっちもないが、今のようにすぐ近くにいてやることができなくなる以上、せめて年上の友達として、自分の代わりに彼女を支える人間をひとりでも多く見つけてあげたい。遊馬は心からそう思っていた。

(さて、これからが大変だぞ。最初のサプライズ、上手くいくといいんだけど)

不安と期待に胸を躍らせながら、遊馬は、顔を真っ赤にして焚《た》き火《び》を見上げているフリンの元へ駆け寄った……。

「さて、不調法者《ぶちょうほうもの》のわたしが長々と話しても、座を白けさせてしまうばかりでありましょう。皆々様におかれましては粗飯《そはん》にも程があるとは思いますが、今の我等の精いっぱいのもてなしを寛大にお受けいただき、ポートギースのつましくも豊かな食を、ゆるりとお楽しみいただければ幸いです。では……」

そんな、国王というより、ツアーコンダクターの趣《おもむき》のある発言でスピーチを締め括《くく》り、ジョアンは錫《すず》製の杯を持ち上げた。

それに従い、賓客たちも皆、椅子《いす》から立ち上がり、樽《たる》から汲《く》みたての、若々しい香りがするリンゴ酒の杯を掲《かか》げた。

「皆々様のますますのご健勝とお国の繁栄《はんえい》、それに僭越《せんえつ》ながら、我がポートギースの繁栄も祈り、杯を干しましょう。乾杯！」

今一つ迫力のないジョアンの宣言に半ば被《かぶ》さるように、賓客たちの乾杯の音頭《おんど》が屋上に響き渡る。

屋上へ至る階段でその様子を窺《うかが》っていた遊馬は、後ろに控えている料理の皿を抱えた給仕係たちに合図した。

「オッケー、料理を配り始めてください。それが終わったら、手はずどおり半分はお酒を注ぎ足しに、もう半分は焚き火の傍へ。お願いします！」

首肯《しゅこう》で返事をして、一同は、大きな皿を手に、次々と担当するテーブルへと散っていく。その列の中にキャスリーン王女の姿を見つけ、遊馬は彼女の腕をとらえて囁《ささや》いた。

「姫様はそれを配り追えたら、焚き火のほうへお願いします。僕もそっちにいますから」

「わかったわ！　ああ、ワクワクする。みんな、どんな顔するかしらね」

早口にそう言い返して、ドレスの上から上《うわ》っ張《ぱ》りを着込んだ少女は、小柄な身体《からだ》に不釣り合いな大皿を抱えるように持ち、客席へと向かう。

客たちが座り直すゴトゴトという音に交じって、「これは何だ？」「何のつもりだろう」というざわめきがさざ波のように聞こえてきて、焚き火のほうへ向かいながら、遊馬はほくそ笑んだ。

（よーし、いいリアクション、いただきました！）

控えめに視線を巡らせると、客人たちは一様に驚きと困惑と嘲《あざけ》り、それに軽い怒りが入り交じった複雑な表情をしている。

それもそのはず、給仕が各々の皿にせっせと配って歩いているのは、彼らがおそらく想像していた「粗末な料理」を上回る代物《しろもの》だった。

木製の皿の上にあるのは、ふかした芋《いも》を大きめの一口大に切ったものと、根菜や瓜《うり》のピクルスだけだ。

ふかしたての芋からは盛大に湯気が上がっていて旨《うま》そうだし、ピクルスからは食欲をそそるヴィネガーの香りが漂ってくる。

ポートギースの庶民の家ならそれだけで食事が終わることもしょっちゅうだが、そんな粗末な食事を出されたことのない上級階級や王族の人々は、皆、仰天《ぎょうてん》している。

ふと見れば、国王夫妻と共に上座のテーブルについているアングレ、フランク両王国の特使は言うまでもなく、ロデリックまでもが静かに目を剝《む》いていて、遊馬は思わずクスリと笑みを漏《も》らした。

あのロデリックを驚かせることができたなら、この試みは七割がた成功したようなものだ。

遊馬の姿を見つけたロデリックは、遠くから「どういうつもりだ」と言いたげな鋭い視線を投げてくる。その隣で笑いを嚙《か》み殺しているのは、この「粗末すぎる料理」の真相を知っているヴィクトリアとジョアンだ。

純白の花嫁衣装から、深緑色の、シンプルだが胸の下からたっぷり取ったドレープが美しいドレスに着替えたヴィクトリアは、口元を扇《おうぎ》で隠し、してやったりの笑みを遊馬にだけ見せている。

ロデリックには「大丈夫ですよ」と唇の動きだけで告げ、ヴィクトリアには親指を立てて「やったね！」という気持ちを伝えて、遊馬は焚き火へ駆け寄った。

「アスマどの、火加減はこの程度でよろしいか？」

相変わらず、焚き火の火から目を離さず、遊馬をチラと見ただけで、フリンが問いかけてくる。

その顔は真っ赤で全身汗だくだが、彼が絶妙のコントロールで薪《まき》を投げ込むその姿も、宴会のエンターテイメントの一つだ。

「バッチリです！　皆さん、分厚い手袋と真新しいエプロンは着けましたね？」

フリンに返事をしてから、遊馬は焚き火の周囲に集《つど》った人々に呼びかけた。

「勿論《もちろん》だよ！」

「ワクワクするねえ」

「……緊張致しますな」

「練習したとおりにやりゃいいんだよ。なに、難しいことは何もねえ」

「難しくはないけど、あたしたち、お偉い方々のお給仕を務めるなんてのは、さすがに初めてだからね。何だか背中がムズムズするよ」

遊馬の周りで、厨房から上がってきた女たちと、給仕役の男たちの声が頭を寄せ、小声で囁き合う。肝の据わった女たちも、上流階級の客人たちの前に出てくると、さすがに少しばかり緊張している様子だ。

遊馬は、彼らを落ちつかせるために、敢えて満面の笑みで声を掛けた。

「大丈夫、皆さんが緊張していても、チーズはいつもどおり絶好調ですよ！」

遊馬がそう言って指さしたのは、焚き火を取り囲むように設置された、鉄製の細長いテーブルだった。

炎に極めて近いそのテーブルの上には、大きくて丸いチーズを半分に割ったものがそれぞれ大皿に載せられ、切り口を炎に向けた状態でズラリと並べられている。

チーズは炎に直接焼かれることこそないが、その熱を至近距離で受け、ごく短時間で切り口の部分だけがふつふつととろけ、表面にこんがりと焼き色がついていく。

「よーし、そろそろです。お願いします！」

遊馬がパンと手を叩いたのを合図に、皆、いっせいに半割のチーズを一つずつ抱え、それぞれが担当するテーブルへと向かう。

さっきから、皿の上の粗末な芋を呆然《ぼうぜん》と眺めていた客たちは、今度は何ごとかとざわめいた。

「こちらが、ポートギース名産、牛乳に山羊《やぎ》乳を混ぜて発酵《はっこう》させた固いチーズです。炎で炙《あぶ》ってとろけた熱々を、芋にこねつけて大急ぎでお召し上がりください！　お代わりもございます」

　給仕たちはテーブルへ行くと、これまで何度も練習したそんなお決まりの口上《こうじょう》を述べ、まだふつふつと沸き立っているチーズを大きなナイフでこそげ、客の皿の上に気前よく落とす。

　その野趣《やしゅ》溢《あふ》れるサービスに、おおおっとこれまた示し合わせたようなどよめきが、それぞれのテーブルから上がった。

　長篠《ながしの》の合戦よろしく、チーズは「三交代制」で焚き火の前にかざされるので、常に食べ頃のチーズが焚き火の傍に出来上がっていることとなる。

　給仕たちはとろけたチーズを持って客席へ行き、サービスを終えたらチーズを火の傍に戻して、新たに食べ頃のチーズを選んで、また客席へと戻っていく。

「なんとみすぼらしい料理かと思ったが、これはなかなか面白い」

「このチーズ、まるで木の実のように香ばしゅうございますね。それでいて、とてもまろやかで、ほどよい塩気が……」

　おっかなびっくりで、言われるがままに芋にチーズをたっぷり絡めて口に運んだ賓客《ひんきゃく》たちからは、一様に驚きと感嘆《かんたん》の声が上がる。

（やった……！）

賓客たちの反応を目《ま》の当たりにして、遊馬は必死でガッツポーズをこらえた。

まだ宴《うたげ》は始まったばかりだが、つかみは上々である。

遊馬が考えた「最初のサプライズ料理」とは、彼がもともと暮らしていた世界の日本でも流行《はや》り始めていた、ラクレットというスイス発祥《はっしょう》のチーズ料理だ。

ポートギース名産のチーズは、ラクレットチーズと味わいが似ているが、牛乳に山羊の乳を混ぜているせいか、独特の強い香りと風味がある。そのまま食べると好き嫌いがかなり分かれそうだが、火を通すとその癖《くせ》は呆気《あっけ》なく和《やわ》らいで、しっかりした旨味に変わってくれる。まさに、加熱することで開花するチーズといった趣だ。

ポートギースの人々は、そのチーズをナイフで薄く削《けず》り取り、そのまま食べたり、ひき割り麦の粥に入れ、リゾットのようにして食べるらしい。

それを聞いた遊馬は、もっとインパクトのある方法で客たちにチーズを提供したいと考え、ラクレットを思い出した。

最初はただの茹《ゆ》でた芋とピクルスで賓客たちを驚かせ、落胆《らくたん》させてから、目の前の焚き火で炙ることで溶けた熱々のチーズを供《きょう》し、そのインパクトと自慢の味を漫喫してもらう。

それこそ、「エンターテイメント性とライブ感」という条件を満たし、さらに熱々の美《お》味《い》しさをプラスするという、遊馬が考えうる最強のプレゼンテーションだ。

日頃、凝《こ》った味付けの料理を食べ慣れている各国からの賓客たちは、芋とチーズ、そして口直しのピクルスという単純極まりないが、それだけにダイレクトにチーズの味がわかる料理を、最初は躊躇《ためら》いがちに口に運ぶ。

だが、すぐにどの顔もパッと輝き、カトラリーの動きが速くなり、あちらこちらから、リンゴ酒や料理のお代わりを要求する声が上がり始める。

どうやら、アングレ皇太子やフランクからの特使も、ポートギース名産のチーズがすっかり気に入ったようだ。さっきの怪訝《けげん》そうな顔とは打って変わった和やかな様子で、ジョアンと何かを語り合っている。

ジョアンの手振りを見るだに、どうやら牛の乳搾《ちちしぼ》りのやり方を説明しているようだ。驚くべきことに、気さくすぎる王は、時に城の厩舎《きゅうしゃ》に牛たちのご機嫌を伺《うかが》いに行ったりするらしいので、乳搾りも試みたことがあるのだろう。

離れたところにいるロデリックの表情はほとんど変わらないが、よく見れば、チーズを一口味わってからは、僅《わず》かに口角が上がっている。どうやら、この試みは、ロデリックにも及第点を貰《もら》えたらしい。

ホッと胸を撫で下ろした遊馬のもとに、大きなチーズを両腕で抱えたキャスリーンが帰ってくる。チーズを切り口をしっかり炎のほうに向けてテーブルに置いてから、彼女は焚き火の熱と興奮で頬《ほお》を赤くして、遊馬に声を掛けた。

「アスマ！　みんな美味しいって！　それに、面白いわ、とろけたチーズをナイフでお皿にこそげ落とすなんて。チーズが滝みたいにお皿に落ちていくのよ」

遊馬も、高揚《こうよう》した気持ちのままに、上擦った声を出した。

「よかった！　でも、姫様がみずから席を回ってサービスしてくれるなんて、皆さん驚いているでしょう？」

「うん、でも、そのあとみんな、喜んでくれる。そんなの初めてで……ドキドキするわ」

そう言って、キャスリーンは、やや大きすぎる革手袋を嵌《は》めたままの手を、エプロンの上から胸元に当てた。

「ドキドキする？」

「だってそうでしょ？　私たちが……ううん、私は何もしてないけど、みんなが一生懸命作ったお芋やチーズを、他の国から来た人たちが、美味しいって言ってくれてる。私たちのおもてなしが、楽しいって。それって、とても素敵なことなのね！　初めて知ったわ。私だけじゃない。みんなそうだと思う。よその国の人に褒《ほ》められるなんて、長い間、なかったことだもの」

はしゃいだ声でまくしたてるように言われて、遊馬も眼鏡《めがね》の奥の目を輝かせる。

「よかったですね！」

「他人事《ひとごと》みたいに言わないでよ。アスマは嬉しくないの？」

「嬉しいに決まってるじゃないですか。ポートギースのよさを外国の人たちにわかってもらうために、みんなでうんと頑張ってきたんですから。僕だってホントに嬉しいです。だけど、まだ宴は始まったばかりです。気を抜かずに！」

「わかってるわ」

偉そうに言い返すキャスリーンの視線は、じっとチーズに注がれている。最高のタイミングを見定めようとしているのだ。彼女の真剣な眼差《まなざ》しには、まだ子供でありながら、はや次代の国王としての自覚が感じられる。

とはいえ、気負い過ぎていいことは何もない。遊馬は、キャスリーンの気持ちを解きほぐすために、敢えて軽口を叩いた。

「ところで、姫様。これまで言うチャンスがなかったんですけど……」

「何？」

「今は上っ張りでほとんど隠れちゃってますけど、今日のドレス、凄《すご》く素敵ですね。そんなドレスを持ってるなんて、知りませんでした」

するとキャスリーンは、初めてチーズから目を離し、遊馬を見て嬉しそうに胸を張った。

「いいでしょ。これ、今日、ロデリック伯父上《おじうえ》がくださったのよ」

「えっ？」

思わぬ答えに驚く遊馬に、キャスリーンは誇らしげに両手の指でドレスのふわっと広がったスカート部分をつまみ、足首まである裾《すそ》をほんの少し持ち上げた。

「それだけじゃないわ。このブーツと髪飾りはフランシス伯父上から」

「わあ……」

それが、遊馬の正直なリアクションだった。

自分はおはようからおやすみまで黒衣で通しているあのロデリックが、血の繋《つな》がらない「姪《めい》っ子」のために選んだのは、まさかの深紅の生地だったのである。

しかも、敢《あ》えてやや深みのある深紅を選んだロデリックの目論見《もくろみ》はみごとに的中し、ヴィクトリアに比べれば地味な顔立ちのキャスリーンに、驚くほどよく似合っている。

また、似た色の鳥の羽根やリボンをあしらった髪飾りや真新しい編み上げブーツは、さすが洒落者《しゃれ》のフランシスらしいセンスのよさだ。

(何だよ、兄弟揃って、姪っ子大好き伯父さんたちじゃないか)

どうやら遊馬が心配しなくても、キャスリーンには既に強力な後ろ盾が二人もいるようだ。

「なんていうか……よかったですね、姫様」

「う、うん……？」

あまりに想いがこもった遊馬の一言をどう解釈すればいいかわからなかったのだろう、キャスリーンは、明快な彼女にしては珍しく、曖昧《あいまい》な返事をする。

だが、それ以上の会話を、目の前のチーズは赦《ゆる》してくれなかった。

「あっ、もう行かなきゃ。じゃあね、アスマ。あんたも頑張って！」

早口にそう言うなり、キャスリーンは革手袋を嵌め直し、チーズに手を伸ばす。

「よし、次の料理の指示を出さなきゃ」

徐々に盛り上がってきている宴席に後ろ髪を引かれつつも、遊馬は嬉しい報告を胸に抱え、厨房《ちゅうぼう》へと全速力で駆けていった……。

それからも質素だが工夫《くふう》を凝《こ》らした料理が続き、賓客たちも、徐々にポートギース料理の素朴《そぼく》な味わいに慣れ、彼らにとってはむしろ新鮮な、素材を味わうという行為を楽しむようになってきたようだ。

青菜と塩漬け豚のスープも、テーブルの上におつまみとして出された遊馬考案の干し魚のコロッケも、大好評のうちに平らげられ、メインディッシュの羊肉のロースト豆のソース添えも、賛辞と共に迎えられた。

舌の肥《こ》えた賓客たちが飲んでくれるだろうかと皆が心配していたリンゴ酒も、最初の樽《たる》はメインディッシュ前に空《から》っぽになってしまい、念のため持ち込んでおいた二つ目の樽が日の目を見ることとなった。

フレッシュで荒削りな地酒の味も、彼らにとっては新鮮極まりないのだろう。

とにかく、ここまでは、すべては想像以上に上手《うま》くいっている。

あとは、タイミングを見計らってデザートのリンゴのコンポートを供すれば、今日のご馳走《ちそう》はすべて終了だ。

リンゴのコンポートも遊馬の発案で、ポートギースにおいては初めて作られたデザートということになる。

酒は貴重なので、ありふれたフルーツであるリンゴを、わざわざ酒で煮るという発想が、この国の人にはなかった。

だが遊馬は、とびきり贅沢《ぜいたく》なデザートとして、リンゴ酒でリンゴを煮ることを思いついた。それを、卵と牛乳で作ったゆるいカスタードの上に並べ、薄いパンを油でカリカリに揚げたものを添える。

つまり、アップルタルトを分解し、再構築したようなデザートを、遊馬はジェインとベケットの協力のもと、編み出したのだ。

今頃、厨房では、前もって作っておいたそれぞれの「部品」を皿の上に組み立てるのにおおわらわであることだろう。

（僕もそろそろ手伝いに行こうかな。この感じだと、ビンゴはデザートの後かな）

段取りを考えつつ、遊馬は厨房へ下りようとした。だが、それより早く、キャスリーンが機敏な身のこなしで、屋上への階段を駆け上がってくる。

「アスマ、リンゴに添えるパンの入れ物をひとつ落としてしまって、今、大急ぎで揚げ直しているの。もう少し待ってほしいって、ジェインが」

「大丈夫ですよ。まだ、皆さんローストを召し上がってます。お代わりを希望される方が多くて、僕たちにお下がりは来そうにありませんね」

安堵《あんど》ですっかり明るくなった遊馬の声と表情に、キャスリーンはどれどれと客席を覗《のぞ》き見る。

「みんな、笑顔ね。美味《おい》しいものを食べると、どんな国の人も笑顔になるのね」

そう言うキャスリーンも、誇らしげな笑顔だ。遊馬は、嬉しさで胸が温かくなるのを感じた。

「よかったですね、姫様」

「また他人事みたいに言う。……でも、うん、ありがとう」

軽く咎《とが》めかけてやめたキャスリーンは、上座に座っているジョアンとヴィクトリアを伸び上がって見やり、少しだけ切なげな笑みを浮かべた。

「姫様？」

「見てよ、あの父上の笑顔。母上が亡くなってから、父上はいつも、無理してるのがまるわかりの、優しいけど寂しい笑い顔しか見せてくれなかったのよ。あんなに楽しそうにしている父上は、久しぶり。ヴィクトリアが、父上の気持ちをもう一度明るくしてくれたのね。……勿論《もちろん》、クリスやアスマも」

独り言のようにそう言ったキャスリーンの横顔は、昨年の初対面の折、亡き母親の座をキャスリーンに奪われると思い込み、激怒していた彼女より、ずっと大人びて見える。

（まだ、十二才なのに）

子供らしい勝ち気さも無邪気さもまだまだあるものの、王位継承者として、彼女は普通の子供よりずっと早く大人への道を辿《たど》っているようだ。

遊馬はチリッと胸の痛みを感じつつ、何げない風でキャスリーンに訊ねてみた。

「それは、姫様にとって嬉しい変化ですか？」

するとキャスリーンは、キョトンとして遊馬を見た。

「当たり前でしょ？」

「いや、だって、最初はあんなに奥方様のことを……」

「それはもう言わないでよ」

キャスリーンは羞恥《しゅうち》に顔を赤らめ、顰《しか》めっ面《つら》をした。

「いや、だって」

「あの頃だって、心の底ではわかってたのよ。母上は何をしたってもう帰ってこないんだから、国のため、父上のため、新しいお妃《きさき》を迎えるほうがいいって。でも、心がそれを受け入れられなかった」

「それは、何となくわかります」

「まして、女装した男が輿《こし》入れしてくるって聞いて、素直に喜べる？　父上は絶対に騙《だま》されてるって思ってた。……ねえ、アスマ」

「はい？」

宴《うたげ》の喧騒《けんそう》の中、広い屋上の片隅で、キャスリーンは遊馬が初めて見る穏やかな表情でこう続けた。

「うんと気持ち悪い女装男が来るんだって身構えてたら、ヴィクトリアが現れたときの私の気持ち、わかる？」

　初対面のときの仁王立《におうだ》ちのキャスリーンを思い出し、遊馬は思わず噴き出した。

「死ぬほど怒ってるなってあのときは思ってましたけど、姫様、もしかしなくてもパニクってたんですね？」

「パニ……？」

「ああ、えっと、混乱してたんですねってことです」

　キャスリーンは伏し目がちに笑って頷《うなず》いた。

「そう。だって、あんな綺麗《きれい》な人が来るなんて聞いてなかったもの。父上の仰《おっしゃ》る『美しい人だよ』っていうのは絶対嘘だと思い込んでたから。……ねえ、あのときの私はそりゃあ嫌な子だったと思うけど、同情すべきところもあると思わない？」

　遊馬はクスクス笑いながらも同意した。

「そうですね。確かに最高に感じの悪い女の子でしたけど、今にして思えば、物凄く気の毒でもあります」

「ねえ、最高に感じの悪い女の子っていうのは、ちょっと言い過ぎなんじゃ……」

　キャスリーンがいつもの彼女らしく眦《まなじり》を吊り上げようとしたそのとき、チリンチリンと高く澄んだ鈴の音が辺りに響き渡り、ざわめきに包まれていた宴会場が、水を打ったように静かになった。

遊馬とキャスリーンもギョッとして口を噤み、どこから音が聞こえたのかと、忙しく視線を彷徨《さまよ》わせる。

チリーン……！

もう一度、さっきと同じ音がして、二人は同時に視線を上座に向ける。

音を鳴らしていたのは、新郎新婦である国王夫妻と同じテーブルに着いている、フランク王国からの特使……の背後にずっと控えていた若い男だった。

「何のつもりかしら。あんなの予定にあった？」

「ないですよ。何だろうな……。もう少しよく見えるところに行ってみましょうか」

キャスリーンと遊馬は腰を屈め、目立たないように焚《た》き火《び》の傍へ行った。火の番をしているフリンも、額の汗をシャツの袖《そで》で拭《ぬぐ》いながら、不思議そうに遊馬たちを見た。

「姫様、アスマどの。あれはいったい……」

「わかりません。何だろう、急にスピーチしたくなった、とかかな」

他の賓客《ひんきゃく》たちと同様、ジョアンとヴィクトリア、ロデリック、そしてアングレ国皇太子も怪訝そうに見守る中、フランク特使は必要以上にゆっくりと立ち上がった。

身体《からだ》を使う仕事を一切してこなかったことがわかる、全身にまんべんなくたっぷり肉がついた、そのくせ骨格はやたらに華奢《きゃしゃ》な身体を装飾過多なオレンジ色の衣装に包んだ中年男だ。

それがフランク王国の流行《はや》りなのか、やや長めの金髪の毛先をことごとく外にはねさせ、馬鹿に細く長く整えた口ひげも、先端を針のように尖らせてあって、どうにも奇妙な印象を見る者に与える。

(猛烈に食べ過ぎたサルバトール・ダリみたいだ……)

そんな失礼な印象を抱きつつ、遊馬はいつの間にか隣に来ていたクリストファーの顔を見上げた。会場の警備にあたっている彼は、丸腰の賓客たちと違い、腰に長剣を帯びている。

「クリスさん、フランク王国からの特使って、確か第五王子……」

「ではない。どうやら予定変更になったようだ」

「じゃあ、あれは誰なの、フォークナー」

質問したのはキャスリーンだが、遊馬と、ごく控えながらフリンも、視線で同じ問いを投げかける。クリストファーは、広い肩を軽く竦《すく》めた。

「俺も面識はありませんが、彼の名は、マチアス・ピネ」

キャスリーンは眉《まゆ》をひそめる。

「王族じゃないのね？　じゃあ、貴族の誰か？」

クリストファーは首を横に振った。

「いえ。到着の際に慌てて調べたところによると、どうやら商人のようです」

「商人⁉」

「しっ、姫様。声が大きい」

驚きの声を上げたキャスリーンの口を、遊馬は慌てて塞《ふさ》ぐ。確かにまずいと思ったのか、キャスリーンは今度は抑えた、しかし隠せない怒気を含んだ声で言った。

「待ってよ。ただの商人が、王子の代理で、しかもいちばんいいテーブルについてるわけ？　確かにフランク王国はとびきり力のある国だけど、他の国からは、王族や、王族と繋《つな》がりのある貴族が来てるのよ？」

クリストファーも、渋い顔で頷く。

「ですから、あのピネという御仁《ごじん》も……」

「王室から姫でも賜《たまわ》った？」

「彼ではなく、五代前の当主が」

「昔過ぎない⁉　もう王家、ほとんど関係なくない？　それであの席に座っちゃうの、あの人。だいぶ厚かましいわよ？」

「声が高い！　俺も正直そう思いますが、フランク王国の特使として来た以上は、無下《むげ》に扱うわけにはいきますまい。陛下もご納得の上です」

うっかり本心を吐露しつつも、クリストファーはヒソヒソ声でキャスリーンを窘《たしな》める。顔を寄せて二人の会話をじっと聞いていたフリンも、それまで呑気《のんき》そうだった顔をギュッと引き締めた。

「自分は別に商人を悪く言うつもりはありませんが、しかし、そんな男がこの晴れの場で何を言い出すつもりなんでしょうか」

「わかんないから不気味よね。ねえ、アスマ。こういうときって、どうするの？　何かまずいこと言い出したら、誰か止める係はいるの？」

遊馬は困り顔で首を横に振る。

「あの……何て言うか、もし暴力沙汰《ざた》とかなら、それこそクリスさんたち護衛の人たちの出番なんですけど、ただ喋《しゃべ》るとか……歌うとか踊るとかそういう平和なことなら、僕たちには止められませんよ」

「じゃあ、見てるだけ？」

「そうですね、どうしようもないと思います。商人っていっても、さっきクリスさんが言ったように、正式な特使なんだし」

「……私だって、別に商人だからって貶《おとし》めるつもりはないけど、なんかあいつ、好きになれない感じ」

「人は見かけによらないって言いますよ、姫様」

「ポートギースにはそんな諺《ことわざ》はないわよ。見かけは大事だって、ロデリック伯父上《おじうえ》もフランシス伯父上も仰《おお》せだったわ。あいつの見かけは、不合格。何よ、あのへんてこな髪型とヒゲ。あれでオシャレなつもりなら、私とは一生気が合わないわ！」

不愉快そうに顔を歪めて言い捨てるキャスリーンに、男三人は困惑して顔を見合わせるばかりだ。

客席の賓客たちも、いったい立ち上がったピネが何を言うのかと、期待の眼差《まなざ》しで見守っている。

そんな一同の視線を全身に浴びて、ピネは気持ちよさそうにほくそ笑み、右手を胸に当て、大仰《おおぎょう》なお辞儀《じぎ》をした。まるでサーカスのピエロのような動作だ。

いかにも重大事項を発表するかのような深呼吸を一つしてから、彼はおもむろに声を張り上げた。

「本日はここにおわすジョアン陛下とヴィクトリア姫のご成婚、まことにめでたく、ご列席の皆皆様とそれを言祝《ことほ》げましたこと、まことに光栄で……あっ、申し遅れました、ご存じのお方も多かろうと存じますが、わたくし、フランク王国で手広く商《あきな》いをしております、マチアス・ピネと申す者。この宴の末席を汚す平民の身ではございますが、かつて我が先祖に降嫁《こうか》されしフランク王国のカロリーヌ姫の名において、お許しいただきたく」

朗々とした口上《こうじょう》は、フランク語でなされた。

この地方では、大国といえばアングレ王国とフランク王国のことであり、それ以外の国々のほとんどには、二大国のいずれか、あるいはいずれもの支配下に置かれた歴史がある。それゆえに、アングレ語とフランク語から派生した言語は数知れず、たとえばマーキス語もポートギース語も、アングレ語の亜流というべき位置づけである。

よって、通訳がなくとも、この場に居あわせる者は皆、アングレ語とフランク語を十分に理解することができる。

遊馬もアングレ語には堪能《たんのう》だし、フランク語は決して得意ではないが、文脈を誤りなく理解する程度の語学力はある。

「やっぱり先祖自慢した！　嫌な奴。ね、アスマ。私の第一印象は当たるのよ」

キャスリーンは焚き火のそばで身を屈め、遊馬に囁《ささや》く。遊馬は困り顔で少女を窘めた。

「いやいや、普通に挨拶《あいさつ》しただけじゃないですか。もうちょっと成り行きを見守りましょうよ」

「うう。なんか嫌な感じがするのよね、あいつ」

「わからないこともないですけど……」

「シッ。二人とも静かに」

子供を叱《しか》る口調でクリストファーに注意され、キャスリーンと遊馬は、同時に口元に手を当てる。

自己紹介を済ませたピネは、賓客たちが商人と聞いて幾分興味を失った気配を感じとったのか、慌ててこう付け加えた。

「卑《いや》しき身分でかような上席に座しておること、恥じ入るばかりでございますが、わたくし、船を多く所有しており、港町における商いには長《た》けておると自負しております。しかし、内陸の国となるとてんで不勉強。よって、フランク国王陛下より特使の任を賜りまして、小躍りした次第でございます」

喋りながら、ピネはやや短い右腕を挙げて合図をした。すると、いつの間に待機していたものか、階段をピネの従者たちがぞろぞろと入ってくる。二人一組で持ち込んだ重そうな木箱が、各テーブルの前に据えられ、蓋《ふた》が軋《きし》みながら開けられる。

「今宵《こよい》よきご縁をいただき、皆皆様のお国でも、わたくしの営むピネ商会とお取引をいただけますようお願いしたく、僭越《せんえつ》ながら、皆皆様にささやかなお土産《みやげ》をご用意致しました。

フランク王国が誇りまする、刺繡《ししゅう》のストールでございます！」

主の声を合図に、従者たちはいっせいに、箱から取り出した純白のストールを、テーブルごとに広げてみせる。細い麻糸で丹念に刺した、驚くほど美しいレースのストールだ。

誰でもひと目見れば、それがどれほど手の込んだ品か直感できてしまう、手加減なしの高額商品だ。

どよめく皆の顔を満足げに見回し、ピネは高らかに宣言した。

「これは、ほんの見本でございます。この佳《よ》き日の記念に、皆皆様がお望みなだけ、何枚でもお持ち帰りくださいませ。……無論、こちらの皆様にも、後ほど」

同じテーブルに並ぶ人々にも如才なくそう言って、ピネは胸を張る。

ヴィクトリアの美しい顔にも、さすがに苛立《いらだ》ちの色が滲んだが、隣にいる夫のジョアンが安穏としたいつもの態度を崩さないため、何のアクションも起こせずにいる。

「ちょっと！　さすがにこれは怒っていいところじゃない⁉　私たちの用意したお土産が霞んじゃうし、いくら何でも失礼……」

「姫様！　陛下が我慢してるんですから、落ちついて」

背筋を伸ばして怒鳴りだそうとせんばかりのキャスリーンの腕を必死で摑《つか》み、遊馬はどうにか直情径行《ちょくじょうけいこう》な少女を落ちつかせようとする。

「ちょっとクリスさん、フリンさんも、手伝っ……うわあ」

思わず二人にも助力を請おうとした遊馬は、視線を上げて、瞬時に諦めた。

ジョアンの家臣であるフリン、ヴィクトリアの兄、ロデリックの家臣であるクリストファーにとっても、ピネの礼儀《れいぎ》知らずな振る舞いは、腹に据えかねるものであったのだろう。クリストファーはともかく、さっきまで和やかだったフリンの顔まで、憤怒《ふんぬ》で真っ赤に染まっている。

(あああ……どうしよう)

遊馬はキャスリーンの細い腕を両手で摑んだまま、唯一救いが求められそうな人物を見た。

それは勿論《もちろん》、ヴィクトリアの隣に座したロデリックである。

しかし何故か、ロデリックは腕組みして目を閉じ、無表情を保っている。

(ロデリックさん、怒らないのかな。もしかして、ヴィクトリアさんの結婚式が終わった以上、もう兄として手助けはしないってこと?)

結婚を機にきっぱり肉親の情を断ち切るなど、遊馬には想像もできないことだが、この世界ではそれがわりに当たり前であることは、これまでの経験でよくわかっている。

国王としてのロデリックが、フランク王国とことを構えないために実弟のヴィクトリアを切り捨てたとしても、この世界では誰も驚かないのだ。

（だけど、ロデリックさんはそうしようとして、本当はできない人だと思ってたんだけどな。さっき、ヴィクトリアさんにペンダントをつけてあげていたときも、凄《すご》く優しいお兄さんの顔だった。血の繋《つな》がらないキャスリーン姫にも、ドレスを用意してあげたりして。絶対、心のあったかい人なのに）

勝手な思い込みだが、ロデリックの、冷ややかな顔の下に隠した情の篤《あつ》さを知っている遊馬としては、今のロデリックの態度はいささか意外なものだった。

それまで、ポートギースの素朴《そぼく》なもてなしを喜んでいた賓客《ひんきゃく》たちは、たちまち物欲を露わにして、ストールを十枚、二十枚と従者たちに申しつけている。これでは、遊馬たちの努力もたちまち水の泡《あわ》になってしまいそうだ。

（なんでこんなこと……。いや、彼にとっては商売のための人脈を広げる絶好のチャンスなんだろうけど、空気読んでほしいよな。もう、信じられないよ！）

いつもは温厚な遊馬も、腹の底からふつふつと暗い怒りがわき上がってくるのを感じた。キャスリーンを制止している手にも、最初ほどの力はこもらなくなってきている。

遊馬とて、立場を考えなければ、キャスリーンのように激怒してしまいたいところだ。

フリンもクリストファーも、互いの主の立場を慮《おもんぱか》ってぐっとこらえてはいるが、本当は今すぐピネの首根っこを摑んでこの場から放り出してしまいたいと、二人の顔にはでかでかと書いてある。

(なんとかしてやめさせたいけど、どうすれば)

「ここは商談の場ではござらぬぞ」

ピネの得意顔を歯嚙《はが》みして睨んでいた遊馬は、突然聞こえた声にギョッとした。

凜《りん》とした男の声に、聞き覚えはない。聞こえたのは確かに上座のテーブルからだったが、声の主は、ジョアンでもロデリックでもない。

(まさか……)

「まさか」

遊馬の心の声を、クリストファーが実際に声に出す。

キャスリーンの身体《からだ》からも、驚きのせいだろう、すっと力が抜ける。

フリンだけが、薪《まき》を抱えたままキョトンとしている。

「あの……自分にはわからないのですが、今、言葉を発したのはいったい」

「アングレ皇太子だ」

絞《しぼ》り出すような声でクリストファーが答える。

信じられないことだが、すっくと立ち上がり、自分より背の低いピネの顔を見下ろして冷ややかな声を張り上げたのは、彼と同じく主賓級の待遇を受けているアングレ王国の特使、皇太子ローレンスである。

ロデリックほど学究肌には見えないにせよ、知性を感じさせるなかなかに整った顔立ちで、年の頃は四十そこそこだろう。

ブルネットの髪を短く整え、ごく短い顎髭《あごひげ》を生やしている。中肉中背《ちゅうにくちゅうぜい》で、あまり派手さのない、ついでに言えば愛想と威厳もあまりない感じの人物だ。

（何だかちょっと、銀行員っぽいイメージだなあ。眼鏡《めがね》が似合いそう）

遊馬は、少し失礼な印象を胸の中で転がす。

たくさんの妃を抱えた現アングレ国王フィリップ七世だけに、生まれた子の数も恐ろしく多い。存命の子息だけでも三十九人いる。

ローレンスは、生まれた順で言えば七番目の王子らしく、本来ならば、自国で国王の手足として働くか、政治の道具として他国へ婿に出されるか、いずれかの運命を辿《たど》るはずだった人物だ。

しかし、兄たちが病没したり、父王の怒りに触れて殺害されたりした結果、ついに先年、皇太子の座に上りつめた。

そんな数奇な運命を辿っている人物だけに、ローレンスの顔には、これまで重ねてきた気苦労が、細かい皺《しわ》や目元の翳《かげ》りに姿を変えて存在している……そんな印象を見る者に与える、どこかひねた、癖《くせ》のある造作《ぞうさく》だ。

一方のピネは、少し驚いたものの、すぐに特大の笑みを浮かべ、ローレンスに恭《うやうや》しく一礼した。

「これはご無礼を。商談ではなく、ただのお近づきのご挨拶にございます。どうやらこの宴《うたげ》、大した余興《よきょう》もないようですし、わたくしがひとつ、愉快なものをお見せしようと思いましてな」

「薄っぺらい布切れをまき散らすのが余興と仰《おお》せか。いや、フランクではその程度のことが余興になるのやもしれぬな。だとすれば、わたしのほうが無粋《ぶすい》であった。許されよ」

対するローレンスの言葉は、痛烈極まりない。表情は冷静そのもので、声音《こわね》もあくまでもやわらかで礼儀正しいが、いずれにも、氷のような侮蔑《ぶべつ》の感情がこもっている。

商人ふぜいがと面と向かって罵倒《ばとう》されることはあっても、こんな風に慇懃《いんぎん》な悪意を向けられることには不慣れなのだろう。ピネは怒ることもできず、慌てた様子で、ローレンスに向かって両手をヒラヒラさせた。

「いやいや、お待ちくだされ。これはまだ余興ではございませぬ。無論、本来、お祝いの贈り物を差し上げるべきは、ジョアン陛下とヴィクトリア妃。ようわかっております」

「フランク王家からの祝いの品は、すでに頂戴《ちょうだい》しております。まことに結構なお品でした」

穏やかに言葉を挟んだのは、ジョアンだった。ピネは渡りに船と、その言葉に乗る。

「そう！　そうでございます！　しかし、せっかく国王陛下より特使を仰せつかったのです。これよりは、わたくし個人、いいえ、わたくしが営むピネ商会よりの心ばかりの、しかし特別な贈り物をジョアン陛下に差し上げたいと存じましてね」

「それには及びません。どうぞそのような気遣いはなしにしていただきたく」

嫌な予感がしたのか、ジョアンはあくまでも低姿勢に、頼んでもいない贈り物を断ろうとする。だがピネは、やけに下品な笑い方をして、「見てから仰《おつしや》ったほうがよろしいのでは？　よい余興ですよ？」と言った。

その不遜《ふそん》な態度に、賓客たちは顔を見合わせて囁《ささや》き合う。

一介《いつかい》の商人としては、不敬の咎《とが》で護衛の兵士に切り捨てられても文句は言えない物言いだが、フランク国王から正式に特使に任じられたことを笠《かさ》に着て、どうやらこの披露宴を、存分に自分の商いに利用するつもりらしい。

「……ッ」

若い分、血気盛んなフリンは歯噛みして前に一歩出ようとしたが、クリストファーが一瞬早く、それを片手で易々と押しとどめる。

「ジョアン陛下が耐えておられるというのに、我等が事を荒立ててどうする」

「……ですが……」

「腹立たしいのは俺も同じだ。機会があれば痛い目に遭《あ》わせてやりたいところだが、今はこらえられよ」

逸《はや》る犬をつなぎ止める飼い主のような顔つきでクリストファーはそう言い、フリンの肩を、ポンポンと叩いた。

「……では」

どうあってもピネが引くつもりはないと悟ったジョアンは、渋々、「贈り物」を見ることを承諾《しょうだく》した。そして、発言に感謝するというように、アングレ国皇太子ローレンスに軽く目礼する。

ローレンスは不愉快そうに口元を歪めはしたが、ジョアンが促すまま、再び席に腰を下ろした。

そんな一同をご機嫌な笑顔で見回し、ピネは両腕を広げ、いっそう声を張り上げた。

「さて、ジョアン国王陛下のために、ピネ商会が選《え》りすぐりました贈り物は、これでございます！　さあ、例のものをこちらへ」

彼がコロコロしたイモムシのような指をパチンと鳴らすと、従者たちが、今度は巻き上げた大きな絨毯《じゅうたん》を三人がかりで担《かつ》いで現れた。

立派な分厚い絨毯だが、それにしても三人ともやけに重そうに、大汗を掻《か》いて運んでいる。

絨毯が目の前を行き過ぎるのを見て、遊馬は猛烈に嫌な予感を覚えた。

（待てよ。ああいうの、どっかで見たぞ。確か、映画……そう、「クレオパトラ」だ。クレオパトラが絨毯に自分を包ませて、シーザーのところへ行く場面があった。まさか、あれの中身も……いや、まさか）

従者たちは、ジョアンたちが居並ぶテーブルの前に、巻いた絨毯をゴトリと降ろすと、結んであった紐をすべて解き、ゆっくりと絨毯を広げた。

「あああ」

遊馬の口からは「やっぱり」という呻き声が、他のピネを除く全員の口からは、驚きの声が漏《も》れた。

中から出て来たのは、遊馬の予想どおり、人間だった。

それも、若い女性だ。

このあたりの人間でないことは、すぐにわかる。

遊馬のものよりずっと濃い漆黒《しっこく》の長い髪と、チョコレート色と表現したい艶《つや》やかな褐色《かっしょく》の肌の持ち主で、見事なまでに肉感的な身体を、ともすれば透けてしまいそうな純白の薄いドレスで包んでいる。

急に外の世界に放り出された彼女は、絨毯の上に這《は》いつくばったまま、何が起こっているのか訝《いぶか》しむように、辺りを見回した。

彫りが深く、アイラインを引いたように睫《まつ》毛《げ》が濃いエキゾチックな顔立ちで、焚《た》き火《び》を見て眩《まぶ》しそうに細められた目は、珊《さん》瑚《ご》礁《しょう》のようなターコイズグリーンだ。

（南国美人が、出てきちゃった……！）

「なんて綺麗《きれい》な人なんだろう」

すぐ近くで、魂が半分抜けたような声で、フリンが呟《つぶや》く。無理もない。遊馬とて、テレビや雑誌で女優を見慣れていなければ、きっとあまりの美しさに度肝《どぎも》を抜かれたことだろう。

四方八方から注がれる驚きと好奇の眼差《まなざ》しに、ようやく身を起こした女性は怯《おび》えた様子でギュッと身を縮こまらせ、逃げ道を探すように視線を忙しく彷徨《さまよ》わせる。

だが、彼女がこの場から逃走することは不可能なようだった。

彼女をここに運んできた従者のひとりの手には、太い鎖が握られている。そしてその鎖は、女性の細い首にしっかりと嵌《は》められた革製の首輪に繋《つな》がっていた。

そう、彼女はまるで犬のように鎖に繋がれているのだ。

遊馬とほぼ同時にそれに気付いたヴィクトリアが、さっと顔色を変える。

遊馬の隣でも、キャスリーンが息を呑《の》んだ。

「ちょっと……あれ、どういうこと？　あの人、もしかして……」

手を打って大きな音を立て、場を再び静まらせてから、ピネはテーブルを離れ、女がいる絨毯の上へと向かった。従者から鎖を受け取り、飼い主よろしく、その鎖をグイと引いてみせる。

バランスを崩した女性が絨毯の上に再び倒れ込むのを見て、ピネは嗜虐《しぎやく》的な笑みを浮かべ、ジョアンを見た。

ジョアンは元から血色のさほどよくない顔を蒼白にし、愕然《がくぜん》としてピネを見返す。

「我がピネ商会は、品物だけでなく、人間も商っております。主に、フランク王国の植民地より、かような見目麗《みめうるわ》しき男女、あるいはいかなる過酷《かこく》な重労働をさせてもへこたれぬ屈強な男を、お手頃な値段で連れて参ります。いかなるご要望にもお応え致しますよ。この女は、その中でも特に上物です。ジョアン陛下の御為に、特に選び抜いて参りました」

調子よく語りながら、ピネは女性のすぐ傍に立ち、鎖を短く持って、女性に顔を上げさせる。

無理矢理顎《あご》を引き上げられ、女性は苦悶《くもん》の表情を浮かべる。だが、それすらも美しく見えてしまうほど、彼女は素晴らしい美貌《びぼう》の持ち主だった。

「奴隷《どれい》の売買をしてるってこと？　あの男、奴隷の女の人を父上への贈り物にするつもりなの……？　なんて無礼なのかしら！」

キャスリーンの声だけでなく、全身までもが、怒りと驚きでブルブルと震えている。彼女に負けず劣らず動揺《どうよう》している遊馬は答える言葉を持たず、そんなキャスリーンの手をただきつく握り締めた。

（これが……奴隷……。そして、奴隷を売り買いして利益を得ている男の顔……なのか）

この世界に来てからというもの、遊馬は、どんなに自分の価値観、倫理《りんり》観に反することでも、決して一方的に批判したりはすまいと自分を律してきた。

だが、生まれて初めて「商品」としての扱いを受けている人、そして他者を物扱いしている人の姿を目《ま》の当たりにして、遊馬はこれまでにない強い衝撃を受けていた。

「……ピネどの。その女性はいったい……？」

困惑の眼差しで問いかけるジョアンに、ピネはむしろ誇らしげに答えた。

「いやなに、本日、めでたくご結婚なされたお妃様は、マーキス王国の姫王子であったお方と伺《うかが》っております。まこと、この世のものとは思われぬ美しきお方ではありまするが、いかに美しくても殿方《とのがた》。ジョアン陛下におかれましては、女性《にょしょう》を欲することもあろうかと、いやはや、これは同じ男としてよくわかることでございまして、これはまあ、大いなるお節介《せっかい》というものでございます」

あまりにもあけすけ、かつ下品な発言に、賓客たちも皆、言葉を失う。だが、皆がいわゆる「どん引き」であることに気づきもせず、ピネはヒヒヒ、と嫌な笑い方をした。

「この女は南方より連れて参りました正真正銘《しょうしんしょうめい》の生娘《きむすめ》、悪い病気など持っておりませぬゆえご安心を。さらにこの娘、生まれつき耳が聞こえません。いかなるお話をも、漏れ聞く心配はございません。何となれば、密談の場などでお客人と共にお楽しみいただくというような使い道も……」

バンッ、と鈍い音が、ピネの言葉を遮《さえぎ》った。

ついに我慢しきれなくなったジョアン王が、両手でテーブルを叩き、立ち上がったのである。いつも笑みを湛《たた》えている穏和な王の顔には、遊馬が初めて見る憤怒の色があった。

「わ……わ、わ、我が国にはッ、奴隷などは存在せず……！　わたし自身も、さようなお気遣いはまったく無用にて……っ」

ジョアン王の口からは可哀想《かわいそう》なくらい裏返った声が出たが、動転しすぎて呼吸が上手《うま》くいかず、その声は他の賓客たちには聞こえそうもない。

そんな父の怒りに呼応するように、キャスリーンは突然、遊馬の手を乱暴に振り解《ほど》いた。

「姫様⁉」

「あの男……よくも父上とヴィクトリアを馬鹿にして……ッ。ぶっ殺す！」

王女にあるまじき荒々しい気合いと共に、キャスリーンはベルトから下げていた短剣を抜くと、身を躍らせた。無論、生活においてカッター代わりに使うような品だが、殺傷能力はゼロではない。

（ヤバイ！）

遊馬は焦ったが、彼より遥《はる》かに身のこなしが素早いキャスリーンを止める手立てはない。

遊馬に代わり、鉄砲玉のように飛び出したキャスリーンを全身で抱き留めたのは、クリストファーだった。

「フォークナー、離して！　親を侮辱《ぶじょく》されて黙って引き下がる子供がどこにいるのよ！」

「ここに……痛ッ、いることに、してくださいっ」

興奮して無意識にナイフを振り回す彼女に切りつけられ、顔を歪めながらも、クリストファーはたくましい胸にキャスリーンを抱き込み、それ以上喋《しゃべ》れないようにして走り出した。向かう先は当然、階下へ向かう階段だ。

興奮しきっているキャスリーンを落ちつかせるには、まずこの場から連れ出すしかない。すれ違いざま、「あとは頼んだ」と声をかけられ、遊馬は大きく頷《うなず》いた。

あの偏屈なロデリックと幼い頃から付き合い、気難しい鷹《たか》たちを調教してきたクリストファーだ。きっとキャスリーンのことも、上手に宥《なだ》めてくれるに違いない。

それよりも今は、ジョアン王のほうが心配だ。

遊馬は、心臓が胸骨を破って飛び出してきそうな動悸《どうき》を覚えつつ、全速力で脳を回転させた。

（まずい。ここでジョアン陛下が怒っちゃったら、座は完璧《かんぺき》に白けちゃうし、フランク王国と関係が悪くなっちゃうかもしれないし……でも、怒らなかったら、自分とヴィクトリアさんを侮辱されたまま引き下がったってことになっちゃうんだよね。うう、僕にできること……何か……ないよなあ……！）

不幸中の幸いというべきか、怒り慣れていないジョアン王は、激昂《げっこう》して立ってはみたものの、口をパクパクさせるばかりで、ピネを罵倒《ばとう》する言葉を思いつけずにいる。

だが、その仕草を、もっと奴隷の女性を吟味《ぎんみ》したいのだと理解したらしい。ピネは「ほら、もっとよく陛下に見ていただきなさい！」と、口調こそ丁寧《ていねい》だが、実に荒っぽく、女性をジョアンたちのテーブルに引きずっていこうとした。

女性は蚊の鳴くような悲鳴を上げ、抗《あらが》おうとするが、男の力には敵《かな》わず、無残に引きずられる。白い服がずり上がり、鱒《ます》のようにすらりとした脛が覗《のぞ》く。

ローレンスは不愉快そうに目を眇《すが》め、ロデリックはやはり腕組みして黙然と座っている。

ヴィクトリアは、夫を制止すべきだという気持ちと、目の前の女性を何とか助けてやってほしいという気持ちの狭間《はざま》で揺れ動く気持ちそのままに、ジョアンの腕に両手で触れた。

「……アッ……！」

息も絶え絶えの苦しげな声が、力なくもがく女性の半開きの口から漏《も》れる。

目の前で、絨毯から床に引き出され、ズルズルと引きずられる女性の痛ましい姿を制止できず、遊馬はつい目を反らそうとした。

だがそんな彼の視界を、何かがシュッと高速で横切った。

「うわっ！」

一瞬、キャスリーンが戻ってきたのかと肝《きも》を冷やした遊馬だが、そうではなかった。

時間差で、足元に薪《まき》がバラバラと落ちる。

そこで遊馬は、ここから駆け出したのは、さっきまで火の番に徹していたギルバート・フリンだと気付いた。

「フリンさん⁉」

呼び止める遊馬に構わず、フリンは「陛下、御前でご無礼を致します！」と叫ぶが早いか、ピネを突き飛ばし、その手から鎖を奪い取った。大袈裟《おおげさ》な悲鳴と共に石畳《いしだたみ》の上に転がったピネには目もくれず、女性を助け起こすと、脱いだ上着を着せかけてやる。

怖がって暴れようとした女性は、ほどなくフリンが自分を守ろうとしてくれていると気付いたのか、彼の腕の中で大人しくなった。

「な……な、な、なんと⁉」

突然現れた若者の狼藉《ろうぜき》に、無様に尻餅《しりもち》をついたままピネは目を白黒させる。彼の従者たちは、主人の命令でフリンに飛びかかれるよう、彼と女性をぐるりと取り囲み、身構えた。

（ますますヤバい。ど、どうしよう。こんなの、想定してたアクシデントを軽々飛び越えちゃって、どうすればいいのかわからないよ……）

さっきから慌てるばかりで、遊馬の足は一歩も動いていない。

動いたところで、事態がここまで動いてしまった以上、よそ者の遊馬にいったい何ができるだろう。

「ちょいと、パンの補充はとっくにできてるんだよ。なんだって、いつまでもグズグズとデザートを出し渋ってるんだい」

そんなとき、背後からヒソヒソ声で話しかけてきたのは、ジェインだった。どうやら、痺《しび》れを切らして厨房《ちゅうぼう》から様子を見に出て来たらしい。

遊馬は急いで彼女に駆け寄り、囁《ささや》いた。

「今、それどころじゃないんです。フランク王国からのお客さんが、ジョアン陛下に奴隷の女の人をプレゼントしちゃって……」

「なんだって？」

「いいから、ちょっと黙ってじっとしててください。場合によっては、死ぬ程ヤバいことになりそうです」

「おやおや……」

遊馬の強張《こわば》った顔を見て、それが誇張でないとすぐに悟ったのだろう、ジェインはそろそろと後ずさり、階段の途中、宴会場から姿が見えないあたりに陣取った。

「……フリン」

ジョアンは、飛び出してきて女性を保護したのが自分の家臣だと気づき、よくやったというように口元を僅《わず》かに緩《ゆる》めた。しかし、すぐにこれが極めてまずい事態だと悟り、痩《や》せた顔を引き締める。

彼の目の前で、たっぷり肉がついたピネの顔が、怒りで徐々に紅潮していく。彼は「これはこれは無作法《ぶさほう》な家臣をお持ちのようで……。わ、わたくしは、善意でジョアン陛下に後腐れなく抱ける女を差し上げようと思っただけですのに」と震える声で言いながら、従者たちの手を借り、不格好に身をもがかせて立ち上がろうとする。

　このままでは、特使たる彼に無礼を働いたかどで、フリンはただでは済むまい。また、彼の報告次第では、フランク王国の心証を酷《ひど》く損ねてしまうことになる。

（うわあ……。もっぺん転ばないかな、あの人。いや、それで何が解決するわけでもないんだけど）

　あまりにも八方塞《ふさ》がりの事態に、遊馬はそんな馬鹿馬鹿しい願いを抱いてしまう。

　賓客《ひんきやく》たちも、心配三割、好奇心七割で、思わぬアクシデントの成り行きを息をひそめて見守っている。

　そのとき、ついに動きを見せたのは、それまで無言を貫いていたロデリックだった。

「フランク王国の特使どのの粋《いき》な計らいに、マーキス王ロデリック、大いに感銘《かんめい》を受け申した」

　突然、重々しい口調でそんなことを言いながら席を立ち、ジョアンの背後に立ったのは、ロデリックだった。

（ロデリックさんが……動いた……！）

　遊馬の胸に、微《かす》かな希望が芽生《めば》える。

晴れの席でも相変わらず陰鬱《いんうつ》な顔つきのロデリックは、黙っていろと言う代わりに、ジョアンの肩に骨張った手をそっと置く。

兄に従ってくれと懇願《こんがん》するように、ヴィクトリアもジョアンの腕を摑《つか》む指先に力を込めた。

「………」

家臣を案じ、自分とヴィクトリアが受けた侮辱に眉《まゆ》をぴくつかせながらも、ジョアンはどうにか冷静さをわずかに取り戻し、席に腰を落ち着けた。

アングレ皇太子ローレンスは、そんな義兄弟の様子を、冷ややかな眼差《まなざ》しで見物している。

「い……粋な、はからいの返礼がこの仕打ちとは……っ。わたしはフランク王の名代として、この場に……」

ピネは大声で抗議しようとしたが、ロデリックは皆まで言わせず、相変わらず静かに、しかし不思議なくらい宴会場に響き渡る声でこう言った。

「さよう。ピネどのはフランク王のご名代。つまり、個人的な贈り物と仰《おお》せであったそこな女性も、フランク王の予定外の贈り物と考えてよろしかろう。ゆえに、このロデリックが感銘を受けたと申しておる」

ロデリックの意外な言葉に、皆、顔を見合わせる。だがロデリックは、涼しい顔でこう言った。

「ピネどのもお人が悪い。さような女性を用意し、婚礼の夜にさっそくジョアンどのを誘惑することにより、そのお心の強さを皆の前でお試しになったのであろう」

「な……」

「ジョアン王は、妻となったヴィクトリアを決して裏切りはせぬとお怒りになり、忠実なる家臣もまた、さっそく王妃に忠義を尽くした。これ以上に素晴らしき余興《よきょう》はあるまい。ヴィクトリアの兄として、深く深く御礼申し上げる、ピネどの」

ロデリックはさっきのピネに負けず劣らずの気取った目礼をし、それから再び、ジョアンの肩に親しげに片手を置いた。

そして、彼にしては最大限に朗《ほが》らかな声を張り上げる。

「ここに列席をいただいた諸侯《しょこう》が証人である。ジョアン王は、我が弟たるヴィクトリアをただひとりの妻として愛することを、態度で示してくだされた。そうした主君の意を正しく汲《く》む臣下をお持ちであることも、おのおの方は見届けられた」

ひと呼吸置いて、黒衣の王は厳《おごそ》かに宣言した。

「ヴィクトリアという伴侶《はんりょ》を得て、ジョアン王はこれより、国を正しく導いていかれるであろう。我等が先刻堪能《たんのう》した慎《つつ》ましいが素晴らしき晩餐《ばんさん》のように、ポートギースの未来は明るく、温もりに満ちておる。おのおの方、そうは思われますまいか！」

呆気《あっけ》にとられていた賓客たちの中から「然り！」という声が上がり始める。次第に大きくなるその声に負けないよう、ロデリックは駄目押しの一言を投げかけた。

「マーキス国王として、わたしは、かように睦《むつ》まじき王と王妃の姿を我等に見せてくだされた、フランク王国特使ピネどのに大いなる賛辞と、深き感謝を捧げる」

長身のロデリックが軽く頭を下げると同時に、他のテーブルからは盛大な拍手が湧き上がる。

「は、は、はは……はあ……ありがたき、幸せ…ええと、まことに勿体《もったい》ないお言葉で」

一国の王にこうまで正面切って感謝され、賓客たちに拍手を贈られては、さすがのピネも引き下がらざるを得ない。

たちまち鼻白《はなじろ》むピネに、ロデリックは人の悪い笑みを過《よ》ぎらせてこう言った。

「さようなわけで、妻を心の底から慈《いつく》しんでおるジョアン王は、その女性を受け取るわけにはゆかぬそうだ。義弟に代わり、このロデリックがその不調法《ぶちょうほう》は幾重にも詫《わ》びよう」

「は……ははっ。どうも悪戯《いたずら》が少し過ぎたようで……ははは、勿論《もちろん》、この女は連れ帰ります。お二方の睦まじきお姿を拝見できて、このピネ、大いに面目を施《ほどこ》しました。……これっ、その女をすぐに連れていきなさい」

　さすがやり手の商人、ここはロデリックの言に乗り、太っ腹で洒落《しゃれ》っ気のあるふりをするほうが利口と判断したのだろう、ピネはたちまち態度を軟化させ、それでもまだ忌々《いまいま》しげに、従者たちに女性を連れ去るよう指示する。

　だが、女性はこの場で唯一頼れるフリンに縋《すが》り付き、フリンも彼女をしっかり抱き竦《すく》めて蹲《うずくま》ったまま、離れようとしない。

「こ、これっ、いつまでそうしているのです！　皆、いいから引き剝《は》がしてしまいなさい！」

　ピネはまだしても苛立《いらだ》ち、従者たちは四方八方からフリンに摑みかかろうとする。

（うわあ、また！）

　一難去ってまた一難である。遊馬は、拭いたばかりの額の汗が、再びどっと噴き出すのを感じた。

　またしても一触即発になりかけたそのとき、さらりと助け船を出したのは、さっきピネの行為に嫌悪感を示していた、アングレ皇太子ローレンスだった。

「フランク特使がまことに粋な御仁《ごじん》であるならば、この場で事を荒立てずとも、その女は、ジョアンどのの家臣に任せておけばよい。おのおの方の楽しみを妨げぬよう、静粛《せいしゅく》かつ速やかに、この場より連れ出してくれるであろうよ」

「……は、はあ、そういうことでありますれば」

フランク王国と比肩《ひけん》する力を持つアングレ王国の特使、しかも自分とは格が違いすぎる皇太子にそう言われては、ピネも全面降伏せざるを得ない。

ジョアンが目配せすると、フリンは、女性を抱き支えたままそろそろと立ち上がり、そのまま彼女を人々の視線から隠すようにして、階段へと向かう。

「フリンさん……！」

ホッとしてフリンに駆け寄ろうとした遊馬の鼓膜《こまく》を、鋭い一声が打った。

「……アスマ！」

それは、ロデリックの声だった。遊馬は弾かれたように足を止める。

あとはそなたがしっかりやれと、ロデリックに耳元で言われたような気がした。

（そうだ……。僕は、僕にできることを精いっぱいやらなきゃ。姫様もクリスさんもいないんだ、僕がしっかりしなきゃ……！）

遊馬は、両手で自分の頰《ほお》を勢いよく打った。新たなアドレナリンが全身を駆け巡り、気力が戻ってくる。

遊馬は、階段でスタンバイしていてくれたジェインに呼びかけた。

「ジェインさん、大急ぎでデザートをお願いします。とびきり美味《おい》しいやつを！」

「任せな！」

ことの成り行きはわからないものの、とにかく危機的状況を脱したことだけは察したのだろう、ジェインは力強く請け合って、大急ぎで厨房《ちゅうぼう》へと戻っていく。

遊馬は階段の傍に隠してあった木箱を抱えて焚《た》き火《び》の近くに立つと、口元に片手を当て、全身を使って声を張り上げた。

「さーて、お待たせ致しました！　実はこちらでも、ささやかな余興をご用意してあります！　皆様のお皿の上にありましたカードを、今こそ使うときです。皆様にお付き合いいただいて、ゲームをしたいと存じます！」

そう言って、箱の上に載せてあった予備のビンゴカードを皆に示した遊馬は、さっきのピネへの彼なりの意趣返《いしゅがえ》しとして、こう付け加えた。

「ポートギースの職人が、一つずつ心をこめて作った品が、ゲームの賞品となります！どんな商人もまだ扱っていない、つまり、ここでしか手に入らないものばかりです！　これこそ、本当に珍しい品と呼べるものではないでしょうか。皆様、どうぞふるってご参加ください！」

四章　夜と朝のあいだに

「うう……っ、疲れた……本当に疲れた……」

そんな独り言を言ってでもいないと、歩きながら寝てしまいそうだ。

襤褸《ぼろ》雑巾のように疲れ果てた遊馬《あすま》が自室に戻ったのは、深夜になってからだった。

ジョアンとヴィクトリアの結婚披露宴は、大成功のうちに終了した。

不安でいっぱいのまま、遊馬がヤケクソの空元気《からげんき》を振り絞《しぼ》って司会進行役を務めたポートギース史上初のビンゴゲームも、思わぬアクシデントで乱れてしまった場の空気を盛り上げるのに、大いにひと役買った。

初めて遊ぶとはいえ、箱から次々と取り出して読み上げられる番号を、手元のカードに指で穴をあけることでチェックし、縦・横・斜めいずれか一列、穴が揃えば「ビンゴ！」と叫んで前に出る……という極めて単純なルールだったのが功を奏したようだ。

また、遊馬がフランク特使のマチアス・ピネへの当てこすりで咄嗟《とっさ》に口にした「どんな商人もまだ扱っていないので、ここでしか手に入らない品」が賞品と聞いて、常に珍しいものを欲している賓客《ひんきゃく》たちは、金を出せばいくらでも手に入る刺繍《ししゅう》ストールのことをあっさり忘れ、初めて体験するゲームに白熱した。

微妙な空気を生み出した元凶であるピネさえも、さすが大商人というべきか、宴会場の一角に並べられた賞品を驚くほどじっくり吟味《ぎんみ》し、目を付けた品を何とか手に入れようと、穴があくほど真剣にビンゴカードを凝視していた。

さっきは悪目立ちしたそういうピネの貪欲《どんよく》さが、ゲーム中には一同の笑いを誘い、さっきの騒動が嘘のように、場の雰囲気《ふんいき》はすっかり明るくなった。

そんなわけで、デザートを供《きょう》した後も、リンゴ酒の樽《たる》の三つ目が空っぽになるまで宴《うたげ》は続き、遊馬たちは賓客がそれぞれの部屋に引き取った後、今度は大広間にテーブルと椅子《いす》を移動させ、朝食会場の設営を済ませてから、ようやく解散したのだった。

「靴……早く靴脱ぎたい。ずっと立ちっぱなしで、足の裏がジンジンするし、ふくらはぎはパンパンだし……」

悲愴《ひそう》な嘆《なげ》きを漏《も》らしつつ、遊馬はほとんど最後の力を振り絞る感覚で、自室の扉を開けた。

「ただいま……あっ」

部屋の中がぼんやり明るかったので、遊馬は小さな声を上げた。

暖炉《だんろ》の前に、ずんぐりとした人影が見える。

「クリスさん?」

その影に向かって声を掛けると、「おう」と太い声が返っていた。

先に戻っていたクリストファーが、暖炉の前でしゃがみ込み、薪《まき》に火を点けていたのだ。藁《わら》から薪に燃え移った炎が、じんわりと大きくなり、室内をさらに明るく照らしてくれる。また室内はヒンヤリしているが、じきに居心地よくなることだろう。

「お疲れ様でした。先に戻ってたんですね」

「ついさっきな。宴では、よくやった。お前が考案したなんとかゲーム、大成功だったそうじゃないか。俺もその場にいたかったものだ」

クリストファーは立ち上がり、ニッと笑って遊馬を労《ねぎら》った。いつもの無骨な笑顔だが、さすがにその面長《おもなが》な顔には深い疲れが見える。その上、左頬には、どす黒く乾いた血がベッタリと付いていた。

それを見て、遊馬の脳裏《のうり》にはさっきの記憶が鮮やかに戻ってくる。

(そうだ! あっちもこっちもとっ散らかってたから、気にする余裕がなかったけど、姫様がぶん回したナイフで、クリスさん、切りつけられてたんだっけ)

泥のように疲れていた身体《からだ》に、再び、今度は心配のアドレナリンが控えめな量で駆け巡る。

遊馬は思わずクリストファーに駆け寄った。

「その顔！　ちゃんと手当てしないと。他にも、あのとき姫様に切られたところがあるんじゃないですか⁉」

クリストファーは、心配する弟子に、ホロリと笑ってみせた

「非力な女の子が闇雲《やみくも》に振り回した、しかも短剣だ。どうということはない。ほとんどは、服が防いでくれた」

「何言ってるんですか。ほとんどはってことは、他に傷があるんですね？　女の子だろうが短剣だろうが、傷がつけば、破傷風《はしょうふう》になるときはなるんです！　僕、これでも医学生なんですから、そんなのほっとけません。その、得意なのは死人ですけど、生きてる人だって、まあまあ診《み》られますから、たぶん大丈夫です。座ってください。傷、全部見せて！」

こういうときの遊馬は、鷹匠《たかじょう》の弟子ではなく、現代日本の医学生の顔になる。

いつもは師匠《ししょう》然としているクリストファーも、こういうときの遊馬には何となく逆らえず、「大したことはないんだが」と口の中でモゴモゴ呟《つぶや》きつつも、遊馬が暖炉の前に据えた椅子に従順に腰を下ろした。

深夜でも、その場所ならば、暖炉の火でそこそこの明るさが確保できる。遊馬はまず、顔の切り傷の手当てから始めた。

布切れを水で十分に濡らし、乾いた血を丁寧《ていねい》に拭《ぬぐ》い取る。

幸い、顔の傷は刃先が掠《かす》めただけのようで、長さはそこそこあるが、さほど深くはなかった。

「これなら、清潔にさえしておけば、たぶん瘢痕《はんこん》もほとんど残らず治りそうですね」

「そうだろう？　だいたいお前は大袈裟《おおげさ》なんだ」

「大袈裟じゃないですってば！　他は？」

「そうだな。頬の他に切られたのは……ここくらいのものだ」

そう言ってクリストファーが示したのは、左の手首だった。分厚い毛織りの服が守ってくれない箇所《かしょ》というわけだ。

血止めのために乱暴に巻き付けられた布切れをほどくと、今度はそれなりに大きく深い傷口が現れる。

「うわっ」

幸い、キャスリーンの短剣は、刃をきちんと研《と》いであったようだ。傷口の縁は、遊馬の知る解剖用語でいえば「辺縁《へんえん》が整《せい》」で、いわゆる綺麗《きれい》な傷だった。ぱっくり開いた傷口を合わせるとほぼ一直線になる、比較的処置が容易な損傷である。

「クリスさん、手首の動き、問題ないですか？　感覚が変なところもないですか？」

遊馬に問われ、クリストファーは左手首の関節をぐるぐる回したり曲げたり、指を開いたり閉じたりしてみせた。

「特に問題はない。血はずいぶん出たが」

「でしょうね。でも、太い神経や血管に傷がついてなくて、ラッキーでした。下手《へた》をしたら、命にかかわる場所ですよ」

「この程度の傷で命とは、本当に大袈裟だな」

「大袈裟じゃないっ！　手首はほら、細いところに骨がたくさんあるから、他のところより色んなものが混み合ってるんですよ。血管も神経も浅いところを走るから、外傷で損傷されやすくて危ないんです」

「……なるほど」

遊馬は時折披露する現代日本の医学知識にはずいぶん慣れっこになったクリストファーだが、普段はぽやぽやしている弟子が、こういうときに見せるキリッとした顔は、未だに新鮮なのだろう。むしろ面白そうに、傷口と遊馬の顔を見比べている。

そんな師匠の視線に気付かず、遊馬は傷口を子細に調べてから、眼鏡《めがね》を掛け直し、優しい眉《まゆ》をハの字にして溜め息をついた。

「でも、ちょっと傷が深いなあ。クリスさん、これ、何針か縫《ぬ》ったほうがいいですよ」

それに対するクリストファーの返事は、実に明快だった。

「じゃあ、縫ってくれ」

自分で言っておきながら、遊馬は目を剝《む》いて自分を指さす。

「ぼ、僕がですか⁉」

「他に誰がいる。お前、死体は器用にチクチク縫っていたじゃないか」

「あれはご遺体だからですよ！」

「同じ人間の身体だろう。俺の手も、同じように縫えばいい」

「同じじゃないですから！　いや、人間なのは確かですけど、死んだ人と生きた人じゃ、扱いが違うんです。衛生とか……あと、絶対的に痛いじゃないですか！」

クリストファーは、青い顔で抗弁する遊馬を、むしろ不思議そうに見る。

「痛いのは、お前ではなくて俺だ」

「そりゃそうですけど、麻酔《ますい》なしで縫うとか、気分的に僕が痛いんですよ。想像しただけで、イイイイッってなります」

「想像しなければいい。とっとと縫え。俺は疲れた。朝も早いから、とっとと寝てしまいたい」

「僕だってヘトヘトですよ。あーもう。仕方がないな。ちょっと待っててください」

遊馬は、マーキスからポートギースに来たときに持参した、自称「救急箱」を部屋の片隅から持ってきた。

何しろここでは、医療技術も器具も、遊馬がいた世界よりはずっと遅れている。手に入る物で不慮《ふりよ》の事態にできるだけ備えられるようにしておくべきだと考えて用意したものが、ついに役立つときが来た。

ついでに、クリストファーの真ん前に自分用の椅子《いす》を置き、傍《かたわ》らに救急箱や器具を置くための小さなテーブルも持ってきて、即席の「処置室」を構築する。

「最近では、創傷《そうしょう》に消毒薬を使わないって流儀《りゅうぎ》のドクターも増えているそうですけど、流水で徹底的に洗うことがここでは難しいですから、やっぱりちょっとくらいは使いたいところなんですよねえ。せめてポピドンヨードか、イソジンでもあればいいんですけど、ないもんなあ……。まあ、水でいいんだけど。いや、水がいいと思うしかない」

ブツブツ言いながら準備をする遊馬に、クリストファーは何か不思議な生き物を見るような眼差《まなざ》しを向ける。

「お前が何を言っているのか、さっぱりわからん」

「そうでしょうね。いいんです、もう。あるもので何とかするのがＤＩＹ精神って奴です。たぶん、僕の父親はずっとそうしてきたんだと思います」

「やはりわからんが、お前の父御は、確か戦地で薬師《くすし》をしていたのだったか？」

「薬師っていうか医者ですけど、はい、そうです。薬も器具も設備もなかったり足りなかったりする、ときには言葉さえ通じないような外国で、ひたすら人の命を助けようと頑張ってきた人です。話だけ聞いていた頃はピンとこなかったけど、今、自分が似たような環境に身を置いて、初めて父の苦労がわかります。情熱とか、そんな感じのものも、ちょっとだけ」

遊馬が父親とずっと疎遠《そえん》だった話を聞いたことがあるクリストファーは、遊馬がしみじみと言った言葉に、いつもは厳しい口元をほころばせた。

「それをいつか、父御に伝えて差し上げるといい」

「そうですね。元の世界に戻ったら、父とはゆっくり話してみたいです。父はずっと、僕とサシでお酒を飲みたがってたんですけど、何だか煙たくて、僕のほうが避けてたんですよね。悪いことしたなって思うんです。いつか帰れたら……いえ、今はそんなことよりクリスさんの傷です！　お言葉に甘えて、マジで縫いますよ？」

「縫えと言っている」

「うう……じゃあまずは、創洞《そうどう》、ええと、傷口を洗浄してできるだけ綺麗にします」

そう言うと、遊馬は床に洗面用の大きなボウルを置き、その上で、クリストファーの傷口を水差しの水をすべて使って洗浄した。水量も水の勢いも満足できるものではないが、やらないよりは遥《はる》かにマシである。

次いで遊馬は、「救急箱」から手のひらに載るくらいの小さな瓶《びん》を取り出した。濃い褐《かっ》色《しょく》のガラスで作られた、手吹きのややいびつな瓶は、油紙を被《かぶ》せ、太い麻糸を巻いてしっかり封をしてある。

その糸を解き、油紙を取り外した遊馬が、瓶の中から指先で引っ張り出したのは、糸だった。

瓶の中には度数が高い酒を入れ、その中に糸を浸しておくことで、必要となったとき縫《ほう》合《ごう》糸として使えるように準備しておいたのだ。

「まさか、これをホントに使うことになるとはなあ」

まだ迷いのある声で呟きながら、遊馬は糸を針に通した。

マーキスの鍛冶屋に頼んで作ってもらった縫合用の曲がった形状の針は、極力細くしてくれと頼んだものの、やはり現代日本で流通している縫合針に比べるとかなり太い。しかし、遊馬が自分で丹念に先端を研いだので、それなりに使いやすそうだ。

「じゃあ、行きます！」

クリストファーの手を、自分の組んだ膝小僧の上に置き、遊馬は自分に気合いを入れるように宣言する。

「……頼む」

さっきまで何でもないような顔をしていたが、さすがにいざ縫われるとなると、傷口を直視するのは怖いらしい。クリストファーは微妙に引きつった顔で頷《うなず》くと、明後日《あさって》の方向に首を巡らせてしまう。

「はい、では」

遊馬はすうっと一つ、深い息をした。いわゆる丹田《たんでん》のあたりに力を込め、クリストファーの傷口の端あたりに、プスリと針を刺す。

「うぐ」

目をそらしていても刺された痛みは感じられるのか、クリストファーはくぐもった声を立てた。

「まだ、一針刺しただけですよ？　大丈夫ですか？」

「大丈夫だ。さっさとやってくれ」

「はーい」

チラと見れば、クリストファーの額には早くも脂汗《あぶらあせ》が浮いている。

（そりゃそうだよね。麻酔なしなんだもん。……気を逸らしてあげないと悪いな）

そう考えて、遊馬は慎重に針を皮下組織に突き通しながら口を開いた。

「本当はナイロン糸で縫いたいところなんですけど、そんな便利なものはないので、抜糸《ばっし》のとき、ちょっとくっついて痛いかも。万が一のことを考えて、結節縫合にしておきますね」

「……けっせつ……ほうごう？」

天井から遊馬の顔に視線を滑らせ、クリストファーは酷《ひど》い顰《しか》めっ面《つら》でオウム返しする。

「一針ずつ、縫合結節……ええと、結び目を作って糸を切る縫い方です。縫い目一つずつを切って抜糸《ばっし》できるので、色んな状況に対応しやすいんです」

「ほ……ほう？」

「安心してください、僕、縫うのはそこそこ上手かもしれません」

「そこはせめて断言してくれ」

「あはは。それよりクリスさん、僕、あれからずっとバタバタしていて、結局姫様には会えずじまいなんですけど、クリスさんが宴会場から連れ出したあと、姫様はどうしてました？」

心配そうに遊馬が訊ねると、クリストファーはやはり顰めっ面のままで答えた。

「ああ、あれからバタバタ暴れるのをそのままご自分の部屋に運び込んで、多少話をして落ちつかせ、あとは女官に任せた。そのあと宴会場を覗《のぞ》いたら、やけに盛り上がって皆が楽しそうにゲームに興じていたから、もうここは大丈夫なんだろうと他の仕事に回ったんだが」

「ええ、披露宴のほうは大丈夫でしたけど、姫様のことはずっと心配で……。なにしろ、凄《すご》く怒ってたから」

痛っ、と小さく悲鳴を上げてしまった恥ずかしさを誤魔化《ごまか》すように、クリストファーは、自由な右手で引きつった頰《ほお》を擦りながら頷いた。

「十二歳といえば、ある程度は閨《ねや》の話もわかるし、そのくせ妙に潔癖《けっぺき》な年頃だ。あんな風に、父君の男としての肉欲を持ち出されては、困惑もすれば、腹も立つだろうよ。しかも姫様は最近、ヴィクトリア様のことも大いに尊敬し、慕《した》っておられるからな。ヴィクトリア様が男ゆえ、ジョアン陛下の肉欲を満たすために女を贈る、と言われては、ああして我を忘れて怒りくるう心持ちもわかる。俺としては、よく言ったと褒《ほ》めて差し上げたいくらいだ。立場上、そうは言えんが」

遊馬と二人きりなので、正直な気持ちをつい吐露したクリストファーに、遊馬も心から同意する。

「ですよね。僕も、そう思います。あそこで怒った姫様は、悪くないです。全面的に、ピネが失礼過ぎでした。あっ、でもあの後、ジョアン陛下は」

「心配して様子を見に来てくれたマージョリーに聞いた。ロデリック様が、うまく収めてくだされたようだな。ジョアン陛下は、ヴィクトリア様一筋ゆえ、さような贈り物は受け取れぬと。姫様も、その話は聞いた」

遊馬は慎重に縫合糸を結び、よく切れる鋏《はさみ》がないので、やむなく歯で噛《か》み切ってから頷いた。

「はい。あと、アングレの皇太子……ローレンスさんでしたっけ。あの人も、何故か援護射撃をしてくださいました」

「うむ、それも聞いたが、不思議な話だな。そういえば、いの一番に、ピネの奴に苦言を呈してくだされたのもあの御仁《ごじん》だったか」

「ええ。どうしてあんな風に、助太刀《すけだち》してくれたんでしょうね。アングレの王様には無茶振りで酷い目に遭《あ》わされたし、あの……ええと何番目でしたっけ、十八番目でした？　ジェロームとかいう王子も、ごく控えめに言ってロクデナシだったのに」

一瞬、腕を縫われていることを忘れ、クリストファーはいつもの冷静な顔に戻って同意する。

「確かにな。まあ、ローレンス殿下も冷ややかな印象の御仁ではあるし、ロデリック様を彷彿《ほうふつ》とさせる毒舌《どくぜつ》の持ち主でもあるようだが、確実に今宵《こよい》は俺たちの味方をしてくだされたな」

「ええ。どういう風の吹き回しだろ。なんか不気味ですね。裏があるのかな」

「まさか」

「さすがに、考え過ぎかな」

「ああ。昔から、フランクとアングレは仲が悪い。幾度も刃を交え、領土を奪ったり奪われたりし続けて、今日に至っているんだ。今は表向きは友好関係ということになってるが、互いに好感情を持っているはずがない。だからこそ、あの場でフランク特使に好き放題させておくのが気に入らなくて、横槍を入れただけのことだと、俺は思うがな」

簡潔な説明を受けて、遊馬はなるほどと大きく頷いた。

「腑《ふ》に落ちました。ああでも、姫様がそのあたりの顛末《てんまつ》を聞いて、少しでも安心できたのならよかった」

遊馬が心からの安堵《あんど》の声を出したので、クリストファーも微笑《ほほえ》んで頷いた。

「そうだな。自分が直接鉄槌《てっつい》を下すことができず、悔しい悔しいと引っ繰り返された甲虫のように暴れていたが、敬愛するロデリック様がジョアン陛下とヴィクトリア様の名誉を守ってくだされたと知って、多少は気が晴れた様子だった」

「そっか……。僕も安心しました。あ、でも、フリンさんと、あの奴隷《どれい》の女の人は？　僕、作業の合間に二人を探したし、色んな人にも聞いて回ったんですけど、宴会場を出てからどうなったかが聞けなくて」

遊馬がもう一つの懸念《けねん》を口にすると、クリストファーも厳しい顔に戻った。

「マージョリーに聞いたところでは、焚《た》き火《び》の番をしていたギルバート・フリンが、あの奴隷女を助けに入ったとか？」

「ええ。あのピネを突き飛ばして、鎖を奪い取って、引きずられてた女の人を抱きかかえて守ったんですよ。凄くかっこよかった！」

晴れやかな顔でフリンを讃える遊馬を、クリストファーは怖い顔で叱責《しっせき》した。

「格好がいいとか、そういう話ではあるまい。危うく国どうしの諍《いさか》いに繋《つな》がるような暴挙だぞ。決して褒められたものではないぞ。何を言っているんだ、お前は」

だが、遊馬のほうも引き下がらず、躊躇《ちゅうちょ》なく言い返した。

「暴挙ですけど、かっこよかったのは事実なんだから、仕方がないでしょう。僕には、あんな勇気、とても出せませんから。でもまあ確かに、ロデリックさんとローレンスさんの機転がなかったら、ヤバかったですね。ジョアン陛下は完全に固まってましたから」

「それはそうだろう。ジョアン陛下としては、迂闊《うかつ》に言葉一つ発することができん状況だ。お二方が取りなしてくだされて、本当によかった」

「はい。……よっし、この傷なら、四針《よんしん》くらいでよさそうかな。クリスさん、あと一針だけ縫《ぬ》いますね。痛くないですか？」

急に話題を戻され、クリストファーの眉間《みけん》にみるみる深い縦皺が刻まれる。遊馬に預けた左腕には、力が入りすぎて、血管が蛇のように盛り上がって見える。

「痛くないわけがなかろう。黙ってさっさと縫ってくれ。……それで、フリンと奴隷女のことだが」

「はい？　クリスさんは、何か知ってますか？」

「俺も、この目で見たわけではない。城内で警護をしていた兵士たちに聞いた話だ」

「それでもいいですから、教えてください。あの二人はどうなったんです？」

最後の結び目の端を歯でぷつんと切り、遊馬は上目遣いに師匠《ししょう》の精悍《せいかん》な顔を見る。

クリストファーは、そこで初めて、糸で縫われた自分の手首の傷を見下ろし、何とも言えない表情になった。

「これが、その……」

「結節縫合《ほうごう》です。まだ処置は終わってませんから、そのままで」

まだ腕を動かさないよう釘を刺して、遊馬は救急箱から布切れを出し、傷口に被《かぶ》せた。その上から、薄手の麻布を裂いて作った包帯で、手首を巻き上げていく。

そのいささかぎこちない手つきを見守りつつ、クリストファーは再び口を開いた。

「フリンと奴隷の女だが、宴会場を去ってほどなく、ピネの従者たちによって引き離されたそうだ。まあ、多少フリンは手荒い扱いを受けたそうだが、それはやむを得まい」

「じゃあ、フリンさんは怪我《けが》を？」

「多少はしたかもしれんが、めでたい結婚の日に、城を血で穢《けが》すほどの狼藉《ろうぜき》は働かせまい。ただ、俺もその話を聞いてフリンを探したが、結局見つけられずじまいだった」

それを聞いて、遊馬は眉《まゆ》を曇らせる。

「じゃあ、あの綺麗《きれい》な女の人は？」

「無論、連れ去られた。間違いなく、ピネが『回収』したんだろうよ。受け取りを拒否された『贈り物』は、また別口で使われるんだろうからな。奴は商人だから、それは当たり前のことだ」

敢《あ》えて物のように彼女のことを表現するクリストファーの真意を察して、遊馬は悲しげな顔をした。

「わかってます。……その、彼女は奴隷で、つまりはピネの持ち物ってことで、僕らがそれに口を出す筋合いじゃないってことくらいは」

「そのとおりだ」

少し後ろめたそうに、しかしクリストファーは断言した。遊馬はなおも食い下がろうとする。

「でも」

「でも、ではない。もしお前があの女を助けたいと思うなら、方法はただひとつ、あの女をピネから身請けすることだ。だが、小国とはいえ国王に祝いの品として貢《みつ》がれるほどの女だ。とても、俺やお前に買える金額ではなかろうよ」

諭《さと》すようなクリストファーの言葉に、遊馬は悔しそうに同意する。

「わかってます。あの人のことをタダで引き取れるのは、贈り物としてあの人をオファーされた、ジョアン陛下とヴィクトリアさんだけ。でも……」

「あれで堅物《かたぶつ》なジョアン陛下が、そのような女をお傍に置き、ヴィクトリア様を蔑《ないがし》ろにするような真似《まね》をなさるはずがなかろう。それこそ、キャスリーン姫がどれほど怒るか」

「ですよねえ……。だったらあとは、あの人を『買って』あげられるのは……ロデリックさん……」

「馬鹿な。ロデリック様は女を買う趣味はおありでないし、同情心で国の財を使い込むようなことはなさらん」

「うう……」

「いい加減にしろ。そもそも、己が買い取れんから、他人にそれをやらせよう、やってもらおうというのは思い上がりも甚《はなは》だしいぞ、アスマ」

　クリストファーの指摘は、ぐうの音《ね》も出ないほど正しい。包帯の端っこを二股《ふたまた》に裂いてぐるりと手首に回して結びながら、遊馬はしょんぼり項垂《うなだ》れた。

「すみません。僕、奴隷にされた人を生まれて初めて見たんです。だから、犬みたいに鎖に繋がれて引きずられてるあの女の人の姿に、凄くショックを受けて……何とか助けてあげられないかなって思ったんですけど」

「その気持ちは、わからんでもない。俺も知識としては知っていたが、マーキスには植民地がないから、奴隷を目《ま》の当たりにしたのは初めてだ。正直、驚いた。恐ろしく悪趣味だとも思った」

「クリスさんも？　じゃあ、マーキスには奴隷制度は……」

「ない。人道的な理由ではなく、小さな島国に奴隷を必要とするほどの仕事はない、それに万が一逃走して治安を乱されては厄介《やっかい》だ、という単純明快な理由で、先王はマーキス港への奴隷の持ち込みをかたく禁じておられた」

「わ、わかりやすい。でも、フランク王国には奴隷制度があるんですね。アングレ王国にも？」

「あるだろうな。両国にはあちらこちらに植民地がある。そうしたところから、強制的に現地人を連れてくるんだろう。労働力や、売り買いの道具としてな」

「……やっぱり嫌だな、そんなの。でも」

遊馬は処置を終え、クリストファーの左手を解放した。そして、話の途中で黙り込む。包帯の上から傷に触れつつ、クリストファーは怪訝《けげん》そうに遊馬を見た。

「でも、何だ？」

「あの女の人が可哀想《かわいそう》だと思う気持ちは、やっぱり安い同情なんだろうなって思って。僕がこの世界に来て、さんざん言われてきたことですけど」

するとクリストファーは、突き放すような口調でこう言い放った。

「別に安い同情だろうが、お前が勝手にする分には構わん。だが、同情したところで、お前にあの女をどうこうすることはできん。それが現実だ」

「……わかってます。だけど僕、フリンさんがあの女の人に上着を着せて抱き締めてピネから庇《かば》ってあげたとき、よかったたって感じちゃったんです。あの人が、酷《ひど》い目に遭《あ》わなくてよかったって。だから……すぐに引き離されて連れていかれたとなると、あの人、今頃どんな目に遭ってるんだろうって、何だか凄く気になって」

クリストファーは立ち上がると、そんな遊馬の頭の上に、処置の終わった左手をポンと載せた。

「お前は心が優しすぎる。見て見ぬふりを覚えたほうが、生きるのに楽だぞ」

そんな師匠の忠告に、遊馬は少しムキになって言い返す。

「僕だって、見て見ぬふりくらいします！　だけど僕は、医学生なんです。人間に関することは……見て見ぬふりをするのが、凄くつらいです」

「それでも、諦めざるを得まい。あの女がピネにいかなる仕打ちを受けようとも、俺たちにしてやれることは何もない。重ねて言うが、何もないんだ、アスマ。それを忘れるな」

遊馬は、唇をギュッと嚙《か》みしめた。

現代日本にいた頃、よく「巨万の富がほしい」などと友達とふざけて言い合ったりしたものだ。

だが、今ほど「手元に巨万の富があれば」と思ったことはない。

もし、自分が大金持ちなら、彼女をピネの薄汚れた手から買い上げて、生まれ故郷に帰してあげることができる。

目の前のひとりを助けただけで何になる、と人には言われるだろうが、せめて目の前のひとりだけでも助けたいと遊馬は思う。

それがたとえ自己満足であろうが安い同情であろうが、結果として彼女が自由を取り戻し、本来いるべき場所へ戻ることができれば、構わないではないか。

ただ問題は、大前提となる「巨万の富」が、遊馬の手元にはないことなのだが。

「いいから、さっさと寝支度《ねじたく》をするぞ。確かに朝食は晩餐《ばんさん》に比べれば簡単なものだが、有終の美という言葉もある。最後まで、もてなしに手を抜くわけにはいかん」

いかにも師匠らしい口ぶりでそう言いながら、クリストファーは、遊馬の頭をポンポンと叩いて、置きっ放しだった手をどける。

遊馬も、瞼《まぶた》の裏に残る、どこか悲しげだった美しい褐色の肌の女性の顔をどうにか追い払おうと努めつつ、こう言った。

「……ですね。僕たちの目的は、ジョアン陛下とヴィクトリアさんの結婚式を成功させることですもんね。まず、それをやり遂《と》げなきゃ」

「そういうことだ。本筋を見失うな」

遊馬だけでなく、自分にも言い聞かせるような切り口上でそう言うと、クリストファーは自分のベッドにどっかと腰を下ろした。

遊馬と同じく、夜明け前からろくに座っていなかったに違いない。拳で太股《ふともも》の筋肉を叩き解した後で、ブーツの紐を解き始める。

（そうだよね。今の僕には、あの女の人をどうしてあげることもできない。それより、何ヶ月もかけて、国じゅうのみんなで計画を立てて頑張ってきた、この結婚式を大成功のうちに終わらせなきゃいけない。僕は違う世界の人間だけど、今はロデリックさんの家臣だし、クリスさんの弟子だ。僕が何か余計なことをしたら、その二人と、ヴィクトリアさんと、ジョアン陛下にも……ううん、マーキスとポートギースという国にも迷惑がかかる。ここは、そういう世界なんだ）

そんな風に自分を説得していると、胃に医師を詰め込まれでもしたように、みぞおちが重苦しくなってくる。

「……とにかく、寝よう」

声に出してそう宣言し、遊馬は処置に使った器具を、ひとまず救急箱に戻し始めた。

そのとき、扉が小さくノックされる。

クリストファーと遊馬は、顔を見合わせた。遊馬は、扉のほうに向かって呼びかけてみる。

「どなたです？」

だが、返事はない。ただ、コツコツとノックが繰り返されるだけだ。

クリストファーが軽く顎《あご》をしゃくってみせたので、遊馬はそっと扉を開けてみた。

「どなた様……わっ」

深夜の訪問者の顔を見た瞬間、遊馬は半歩後ずさった。

その微妙な反応に、クリストファーは片足だけブーツを脱いだ状態で、座ったまま身構えた。ベッドの下に置いた愛用の長剣を、いつでも取り出せるよう、前屈みになって、視線だけを扉のほうに向ける。

しかし、クリストファーの全身の力は、次の瞬間、ふっと解けた。

おずおずと入ってきたのは、寝間着姿のキャスリーン王女だったのである。肩から掛けた分厚いストールを、ほっそりした身体《からだ》に巻き付けてはいるが、寝間着の裾《すそ》から覗《のぞ》く素足が何とも寒々しい。

何より、長い時間泣いて居たことが明らかな腫《は》れぼったい目元が、遊馬の胸を苦しくさせた。

「姫様。かような深夜に、男二人の部屋にお越しになるなど、姫君がすることではないと何度申し上げればよろしいのです。お部屋にお戻りください」

クリストファーは、敢《あ》えて素っ気ない言葉を少女に投げかける。

いつものように「フォークナーは私に厳しい！」とふて腐れることもなく、それでも言いつけはサラリと無視して、キャスリーンは部屋の中に入ってくる。

「姫様、あの」

さすがに小さなレディがいるのに、部屋の扉を閉めて密室にしてしまうわけにはいかない。遊馬は扉を半開きにしたまま、どうしたものかと躊躇《ちゅうちょ》した。

「姫様」

クリストファーは一段階トゲを増した声を出したが、キャスリーンはそれにも構わず、さすがにベッドから立ち上がったクリストファーの前に立ち、厳《いか》めしい顔を見上げた。

左頬の傷、次に左手首に巻かれた包帯を見て、キャスリーンは再びクリストファーの顔に視線を戻す。

「……痛い？」

その一言で、キャスリーンが自分に怪我をさせたことを謝りに来たのだと悟り、クリストファーはハッとして表情を和《やわ》らげた。

「いえ、これしきのことは、何でもありません。姫様がお気になさる必要は……」

「必要がないわけないわ。私が切りつけたのよ。フォークナーは、何も悪くないのに」

「確かに俺は悪くありませんが、だからといって姫様が悪いわけではありません」

大真面目《おおまじめ》に、おそらくはキャスリーンを慰めようとしているのであろう不器用な言い回しをする師匠《ししょう》に、遊馬は思わず噴き出した。結局、扉を軽く開けたままにして、二人に歩み寄る。

「姫様、大丈夫ですよ。どっちの傷も僕がちゃんと手当てしましたから」

キャスリーンは、なおも心配そうに遊馬に問いかけた。

「治る？」

「勿論《もちろん》。大丈夫ですよ？」

遊馬がきっぱり請け合うと、キャスリーンの小さな肩からスッと力が抜けた。どうやら、相当に心配してここに来たらしい。

「姫様、クリスさんの怪我が心配で眠れなかったんですね？」

優しく問われて、キャスリーンはこっくり頷《うなず》いた。そして、再びクリストファーに向き合い、そっと傷ついた左手を取った。

「ごめんなさい。私、どうしたらいい？」

真っ直ぐで心のこもった謝罪の言葉に、クリストファーは小さく嘆息《たんそく》して、身を屈めた。そして、少女の泣きはらした顔を覗き込み、マーキスにいる幼い弟妹に見せるような、彼にしては最大限に優しい笑顔でこう言った。

「わざとやったわけではないと、ちゃんとわかっています。もう、気にしなくていいんです」

「だけど」

「何かしてくださると言うなら、さっき、お部屋で俺が言ったことを忘れないで、よく考えてみてください。それで十分です」

「……ん。わかった」

クリストファーへの謝罪を済ませ、キャスリーンはやっと安心した様子で小さく笑ってみせる。

右手で、自分の左手を包んだままのキャスリーンの手を優しく離すと、クリストファーは礼儀《れいぎ》正しく退出を促そうとした。

「さあ、気が済んだなら、もうお部屋へ帰っ……」

ぐうう。

安心した途端に消化器が仕事を始めたのか、キャスリーンの腹が、クリストファーが驚いて口を噤《つぐ》むほど大きな音を立てた。

「あっ」

あまりのことに、少女は真っ赤になって自分の腹を押さえる。

「そうか、宴《うたげ》のあいだ、手伝いをしてくださっていたから、夜、何も食べてないんですね？　そりゃ腹ぺこのはずだ」

遊馬は部屋の中を見回した。だが、今日はすぐに食べられそうなものが何もない。

クリストファーは、やれやれと言いたげな顔つきで言った。

「そういえば、女官はどうしたんです？　何か持ってくるように言えば……」

「いないわ。きっと、ヴィクトリアの婚礼衣装の手入れを手伝いに行っているんだと思う。裾《すそ》の汚れは、すぐに取らないといけないって言ってたから」

「……ああ、なるほど。どうしようかな。そんなにお腹ペコペコじゃ、眠れませんよね」

思案する遊馬に、クリストファーはぶっきらぼうに言った。

「厨房《ちゅうぼう》は、今夜は夜通し火を絶やさないと言っていただろう。行けば、何か温かい食い物があるはずだ。お前、一緒に行ってやれ」

遊馬は、ああ、と頷く。彼とて、言われてみれば昼からほとんど何も口に入れていない。疲れ過ぎて空腹を感じないが、これでは低血糖に陥《おちい》りかねない。

「クリスさんは？」

「俺はいい。睡眠のほうを優先する」

そんな台詞《せりふ》さえ、欠伸《あくび》を嚙《か》み殺しながらのクリストファーに、遊馬は苦笑して返事をした。

「わかりました。じゃあ、姫様と一緒に厨房へ行ってみます。クリスさんにも、夜中に目が覚めたとき用に、何か食べ物を貰《もら》ってきますね」

「ああ、頼む」

そう言うと、クリストファーはもう一方のブーツも脱ぎにかかる。

「行きましょう、姫様」

自分も気を抜くと立ったまま寝てしまいそうだったが、このままキャスリーンを部屋に帰すのはあまりにも酷《こく》だ。

とにかく、厨房で何か見繕《みつくろ》って、せめて腹をいっぱいにしてから寝かせてやりたい。

そんな思いで、遊馬はキャスリーンを連れて部屋を出た。

「そういえば、さっきクリスさんが言ってた、『お部屋で言ったこと』って何なんですか？」

しんと冷えた廊下《ろうか》を並んで歩きつつ遊馬が訊ねてみると、キャスリーンは少しいつもの明るさを取り戻し、こう答えた。

「私が、私は間違ったことをしたの？　って訊ねたら、フォークナーがこう言ったの。親を侮辱されて娘が怒るのは当たり前だ。それは決して間違っていないし、父上もヴィクトリアもきっと嬉しかっただろうって」

　遊馬は眼鏡《めがね》の奥の目を見張った。

「クリスさんが、そんなことを？」

「うん。娘としては正しい。人としても正しい。でも、王女として、次期国王として正しいかどうかは別の問題だって」

「別の問題……」

「人として正しいことを行えば、気分がいいだろう。でも、それが国のためになるのか、国王がなすべきこととかを、いつも考える癖《くせ》をつけたほうがいい……そう言ってた」

「……ああ、なるほど。クリスさんらしい言い方だなあ」

　それを嚙んで含めるように言うクリストファーの顔が容易に目に浮かび、遊馬は微笑する。キャスリーンは、難しい顔で独り言のように呟《つぶや》いた。

「フォークナーの言うことは、たぶん正しいのよね。私、短気だから、我慢することがとても苦手なの。だけど……人として間違ってる我慢も、国のためにはしなきゃいけない……のよね？」

　それが自分に向けられた質問と気づき、遊馬は少し困ってしまった。

「うーん……どうかなあ」

「どうかなあって、アスマはそう思わないの？」

「急にそんな難しいことを訊かれても困りますし、そもそも僕は国王になるような身の上じゃないので、どうしても無責任な発言になっちゃいそうで」

「無責任で構わないわ。世の中には、国王になる人より、ならない人のほうがうんと多いんだもの。いいから、思ってることを聞かせて」

重ねて促され、遊馬は考え考え話し始める。

「そうですねえ。ロデリック陛下やジョアン陛下を見ていると、確かに国王っていうのは、忍耐とか献身とか、そういうのが必要な仕事なんだなってことはわかります。自分のためじゃなく、国のため、国民のために生きることを求められるっていうか。だからこそ、短気は確実にダメですよね。じっくり考えてからものを言う癖をつけたほうがいいのは確かです」

「うう……じゃあ、やっぱり」

「でも、人として正しいと思うことをせずにいるのは……本当に国のためになるのかな」

逆に疑問を返されて、キャスリーンは茶色い目をパチパチさせる。

「ならないの？」

遊馬は、正直に「わかりません」と答えた。キャスリーンはやや不満げに頰《ほお》を膨らませる。

「わからないは禁止！　どうしてそう思うかを聞かせて？」

「うーん……。だって、国王って、国民にとってはお父さんみたいなものでしょう？」

「そうかも」

「お父さんが家族のために頑張るのは嬉しいけど、家族のために、人として正しくないことをしたり、人としてすべきことをしなかったりするのは……嬉しいものなのかな。家族は、国民は、幸せに思えるのかな。ふと、そんなことを思っちゃって」

　キャスリーンは、ぎゅっと眉根《まゆね》を寄せて、難しい顔になる。

「だって、そこは国民を思ってすることなのだし……」

「勿論、それはそうだと思います。わかってます。そうしなきゃ国が滅ぶってときは、仕方がないのかもしれない。だけど僕は、人としての正しさを貫く王様もアリなのかなって思います。姫様は、そういう王様になるんじゃないかなって」

「それって、私には、どんなに頑張っても、その手の我慢はできないってこと？」

　キャスリーンが苛立《いらだ》っているのに気づき、遊馬は慌ててかぶりを振る。

「そういうことじゃなくて！　これは僕の勝手な願いなんですけど、姫様にはいつまでも今みたいな真っ直ぐな心を持っていてほしいんです。それは、姫様のいちばんいいところだと思うから。曲がったことが嫌いな人は多いけど、それを貫くのは、とても難しいです。心が強くないとできないことだから」

「アスマ……」

「勿論、短気は直したほうがいいです、本当に。いきなり『ぶっ殺す』って言い出すのも、三段階くらい抑えたほうがいいと思います。でも、僕はさっきみたいに、ピネの失礼な振る舞いに怒って突撃しようとした姫様のことが、凄《すご》く好きなんです」

遊馬がてらいなく口にした「好き」という言葉に、キャスリーンの頬がたちまち赤くなる。その反応に、自分の発言の迂闊《うかつ》さに気づき、遊馬は大慌てでした。

「すすすいません、今の好きは、友達の好きで……そういう意味ではなくて、ええと」

「わかってるわよ！」

赤い顔で言い返したものの、キャスリーンはどこか嬉しそうな顔で遊馬の手をギュッと握った。今度は、遊馬が顔を赤くする番である。

「ちょ、姫様」

「友達でしょ？　手くらい繋《つな》いでもいいじゃない」

「い、いや、でも王女様と気軽に手を繋ぐとか、そんな」

「王女様と、これから厨房にお夜食を食べにいくのよ？　これくらい、どうってことはないわ」

無理矢理繋いだ手をぶんぶんと振って歩きながら、キャスリーンはなおも不安を口にした。

「アスマがそう言ってくれるのは嬉しいけど、ロデリック伯父上《おじうえ》もフランシス伯父上も、『綺麗《きれい》ごとだけでは政《まつりごと》はできぬ』って言ってたわ。伯父上たちやそのご先祖たちが、国を守るために意に染まないことをしたり、手を汚したりしてきたから、マーキスはあんなに豊かなんでしょう?」

「そうかもしれません」

遊馬が同意すると、キャスリーンは少し悲しそうにこう続けた。

「父上は、我慢はいくらでもなさるの。でも、人の道に背くことをするのが、きっと得意でないのね。お祖父様もそういう方だったみたい。だからポートギースはこんなに衰えて、貧しい国になってしまったのだわ」

「でも、今、みんな一丸となって、国を立て直そうとしてるじゃないですか。それは何故かっていえば、ジョアン陛下がとてもいい方だって国民がみんな知っていて、陛下のことが大好きだからでしょう。それもきっと、物凄くいい王様の一つの姿だと、僕は思います」

「国が貧乏でも？」

「食べるのに困るほどの貧乏は困りますけど、大金持ちじゃないって意味の貧乏は、そう悪くないんじゃないかな。侵略する価値もないほど貧しいから、この国は平和だったわけですし」

「……じゃあ、豊かになったら、攻められちゃう？」

「その可能性はあると思いますよ。そして奥方様は、きっとそういうことも考えていると思います。……奥方様もお兄さんたちと同じく、『綺麗事じゃないこと』を自分の手でする覚悟のある人ですから。そして……もう奥方様の『国』は、ここですから」

それを聞いて、キャスリーンはピタリと足を止めた。手を繋いでいるので、遊馬も引っ張られて立ち止まる。

「姫様？」

「父上をあのまんまのお人柄にしておくために、ヴィクトリアが手を汚すの？　人として、したくないことをするの？　それは不公平じゃない？」

どこまでの少女らしい潔癖《けっぺき》さを見せるキャスリーンに、遊馬は微笑《ほほえ》んで頷いた。

「僕もそう思います。だけど、奥方様は、いやいやじゃなく、進んでそうなさると思いますよ」

「どうして？　どうして進んでそんなことができるの？　ヴィクトリアはあんなに素敵な、いい人なのに」

「それも、やっぱりジョアン陛下のお人柄じゃないかな。僕は奥方様の気持ちをまるっと理解できるわけじゃないですけど、ジョアン陛下を助けたいし、あのままのお人柄でいてほしいと思ってるからこそ、結婚にこぎ着けたんじゃないでしょうか」

「……父上は素敵な人だから、もしヴィクトリアがそう思ってくれてるんなら、私はとても嬉しい。父上を、支えて、守ってあげてほしい。だけど、私はどうしたらいい？」

「はい？」

「だって、私にはヴィクトリアみたいな人がいないもの」

「今はね」

クスッと笑って、遊馬は、今度は自分からキャスリーンの手を引いて歩き出す。

「今はって？」

「姫様はきっと、ジョアン陛下とはまったくタイプが違うけど、同じくらい、いいえ、もしかしたらもっと魅力的な女王様になると思いますよ。だからきっと、がっちりサポートしてくれる人が現れると思います」

キャスリーンは、疑わしげな顰《しか》めっ面《つら》になる。

「私のために、手を汚してくれる人が？」

「あるいは、希望としては、手を汚さなくてもピンチを上手に切り抜ける方法を姫様と一緒に考えてくれる、気の長い、賢い人が」

「そういうのがいい！　でも、そんな人、本当に現れるかしら。あっ、ねえ、遊馬じゃ駄目？　アスマは気が長くて賢いわ。それに、もう私の友達だし」

　パッと目を輝かせて、キャスリーンはアスマの顔を見る。純粋な信頼を寄せられて、遊馬の胸には、喜びと切なさが同時にこみ上げた。

「光栄ですけど、それは無理かな」

「どうして？」

「うーん、何故なら、僕のいるべき場所は、ここじゃないからです」

　さすがに異世界から来たことを打ち明けるのは憚《はばか》られて、遊馬は曖昧《あいまい》な表現で説明を試みる。上手《うま》い具合に、それを「マーキスがいるべき場所だから」という意味だと受け取ったキャスリーンは、たちまち寂しそうな顔になる。

「やっぱり、ずっとここにはいられないのね？」

「そうですね。残念ですけど、それはできそうにありません。だけどきっと、僕なんかよりずっと素晴らしい人が現れますよ」

「あんまり信用できない！」

「言霊《ことだま》って言うでしょう？　あっ、この世界では言わないか。ええと、僕のいた世界、あ
あいや、僕のいた国では、言葉に魂が宿るって言われてるんです」

「どういうこと？」

「声に出した言葉は不思議な力を持っていて、その言葉にふさわしいものを引き寄せる
……そんな意味です。悪い言葉を使えば、悪いものが寄ってくる。いい言葉を使えば、い
いものが寄ってくる」

その考え方は、ポートギースではかなり斬新であるらしい。キャスリーンはすぐに食い
ついてきた。

「何それ、面白い。じゃあ、そうなってほしいと思う願いを声に出したら……」

「かなうかもしれない」

「ホント？」

「ホントかもしれない」

「なんだか胡散臭《うさんくさ》いわ。でも、悪くはないわね。言うだけならタダだし！」

「その言い回しはあるんだ！」

「えっ？」

「あ、いやいや、何でもありません。単なるおまじないみたいなものですけど、望みを声に出してみるって、悪くないと思います。気持ちも整理できますし」

遊馬の言うことが腑《ふ》に落ちたのだろう、キャスリーンは小さく何度も頷き、「じゃあ、言ってみよう。私に、ヴィクトリアみたいな、美しくて頭も気立てもいい片腕ができますように。お婿さんじゃなくてもいいから」と厳《おごそ》かに宣言した。

「お婿さんじゃなくてもいいんですか」

遊馬は、その妙なこだわりが可笑《おか》しくて、つい小さく噴き出してしまう。

「お婿さんならなおいいけど、高望みはしない主義なの！」

ムキになってキャスリーンが言い返したそのとき、ドサッ、と、不思議な音が聞こえて、二人は再び足を止めた。

繋いでいた手を離し、遊馬は両手を耳に添える。

「何だろう、今の音。何か大きなものが落ちたみたいだったけど……」

「外から聞こえたんじゃない？」

「たぶん。まだ屋上で作業をしている人たちもいるので、何か落としたのかもしれませんね。危ないな」

「見にいく？」

「いや、姫様が行く必要はないですけど」

遊馬が半ば無意識に、好奇心旺盛《おうせい》な姫君を牽制《けんせい》しようとしたとき、今度は、人の声が聞こえた。

微《かす》かだが、確かに人間の……女の悲鳴だ。

声の印象では、あまり遠くではないようだった。頭上から聞こえたような気がする。

二人の顔に、サッと緊張が走る。キャスリーンは、遊馬のシャツの袖《そで》に触れた。

「アスマ、今の声！」

「はい。何か事件が起こったのかもしれません。たぶん、今の悲鳴、上の階から聞こえたような気がします」

頭の上を指さした遊馬に、キャスリーンも頷く。

「私もそう思う！　行きましょ、階段はあっちよ」

「はいっ。たぶん巡回している兵士も聞きつけたとは思いますけど、もしかしたら僕らのほうが近いかも。行きましょう！」

さすがに悲鳴を聞いてしまっては、キャスリーンを制止するすべはない。無駄な努力はあっさり放棄して、遊馬は早くも走り出したキャスリーンを追いかける。

一日じゅう酷使《こくし》された足の裏が酷《ひど》く痛んだが、そんなことを気にしている場合ではない。

（物騒なことになってなきゃいいけど、経験的にこういうの、百パー物騒なんだよね。ああ、この嫌な予感が外れますように）

既にベッドに潜り込んでいるであろうクリストファーの眠りを破らずに済むよう祈りつつ、遊馬は疲れた身体《からだ》に鞭《むち》打ち、全速力で駆け出した……。

一方。

「なんとも目まぐるしい一日だったね」

そんなジョアンの言葉に、寝室の窓から外を見ていたヴィクトリアは振り返った。

「……我が君？」

美しい青い瞳が、「夫」の意外な行動に大きく見開かれる。

ストンとした足首まである寝間着の上から分厚い毛織りのガウンを羽織《はお》ったジョアンは、ベッドに腰掛けてでもいるのかと思いきや、明々と燃える暖炉《だんろ》の前に羊の毛皮を二枚敷き、その上に座り込んでいた。

「ここにおいで」

ジョアンに手招きされ、ヴィクトリアは小首を傾《かし》げながらも、従順に彼の傍《かたわ》らに腰を下ろした。

羊の皮はぶ厚く、長い象牙色《ぞうげいろ》の毛はふんわりと密に詰まっていて、床石の冷たさを見事に遮《さえぎ》ってくれる。

「窓の傍は寒かっただろう。何を見ていたんだね？」

そう訊ねながら、ジョアンは傍らに置いてあった蓋《ふた》付きの大きなバスケットを引き寄せた。ヤマブドウの蔓《つる》で凝《こ》った模様を入れて編み込んだ、素朴《そぼく》だが美しい品だ。

ヴィクトリアはジョアンの手元を見ながら答える。

「警護の者たちや、おそらくは朝食の支度《したく》をする者たちでございましょうね。まだ、忙しく働いておる者たちの姿を見ておりました。春めいてきたとはいえ、まだまだ夜は寒うございます。何ぞ、あの者たちを労ってやるものを言いつけねばと……」

「心配ない。ここに引き取る前に、いちばん大きな鍋《なべ》いっぱいにキャベツと塩漬け豚のスープを作ってやるよう、厨房《ちゅうぼう》に言ってきた。城じゅうに夜通し働く者たちがいるからね。バターつきパンと一緒に熱いスープで夜食を摂《と》れば、元気が出るだろう。宴《うたげ》の残りものも、好きに食べてよいと言ってある」

当たり前のような顔でそう言うジョアンに、ヴィクトリアは驚いて目を見張り、すぐに微笑《ほほえ》んだ。

彼の上の兄であるマーキス国王ロデリックも、酷薄そうな外見に反して情け深い、細やかな気遣いをする人物であるが、それでも臣下の夜食の心配まではしない。

そうしたことをごく当たり前のようにやってしまうジョアンは、まるでこのポートギースという国の父そのものだ。

本人にそこまでの包容力があるわけではないのだが、常に全身全霊で、国の安寧《あんねい》と国民の幸せを願い、身を粉にして働いている。

また、そんなジョアンの想いは国民にもしっかり伝わっていて、いささか頼り無いが心優しい王様を助け、支えてあげたいと、皆が思っているようだ。

だからこそ、この国のよさを他国の人々に理解してもらおうとジョアンとヴィクトリアが計画したこの結婚式を、国を挙げて皆がこうして盛り上げてくれているのだ。

「我が君のお心の温かさは、この国の何よりの宝でござりますね」

しみじみとそう言ったヴィクトリアに、ジョアンは穏和な顔をほころばせ、かぶりを振った。

「なんの。この国の宝は、民と自然だよ。何もない国だと思っていたが、そのことに気付かせてくれたのはあなただ、ヴィクトリア。あなたもまた、この国の新たな宝だね」

飾らない言葉でヴィクトリアを褒《ほ》め、ジョアンはバスケットの蓋を開けた。取り出したのは、錫《すず》製の杯が二つと、陶器《とうき》の水差しだ。

「我が君、それは何でござりましょう?」

「わたしが自分で用意したものだから、凝《こ》ったものは何一つないけれど……今夜、あなたと二人きりで静かに語り合う時間を持つために、季節外れのピクニックバスケットを用意したんだ」

床の上にバサリと小さな布を広げ、ジョアンはその上に杯を置いた。水差しから注いだのは、さっき披露宴で供《きょう》されたのと同じリンゴ酒を、さらに水で割ったものだ。

「ピクニック、でございますか?」

小首を傾げるヴィクトリアに、ジョアンは楽しげに説明した。

「うん。夏になると、この国の人たちは、山へピクニックに出掛ける。何もない国だから、それがいちばんの楽しみなんだ。羊や山羊《やぎ》が食んで短くしてくれた青草の上に座り、明るい陽射しの下、焼きたてのパンとお気に入りのチーズ、それに新鮮なチコリのサラダやパイを食べる」

「それはなんとも楽しそうでござりますね」

「ご馳走《ちそう》だけじゃない。楽器を演奏したり、踊ったり。我が国には平坦な土地がほとんどないだろう? だから、傾斜地を利用して踊るのだよ。足元が不安定だから、決して格好のいいダンスではないけれど、なかなか面白いんだ」

「お話を伺《うかが》うだけでも楽しげにござりますな。夏が楽しみになって参りました」

「そう言ってくれるとありがたい。あなたには、もっとこの国を好きになってほしいのだ」

笑顔でそう言い、ジョアンは杯をヴィクトリアに差し出す。

それを受け取り、互いに目の高さまで掲《かか》げてから一口飲むと、ジョアンはバスケットから食べ物を取り出し、布の上に並べた。

ヴィクトリアの兄フランシスが見たら目を剝《む》きそうな、素朴な食べ物ばかりだ。

ネギと芋《いも》のパイ、小さくて固いリンゴ、大麦のビスケットとチーズの塊《かたまり》……そうしたものを、ヴィクトリアを制して、ジョアンは自ら小刀で切り分け始める。

その甲斐甲斐《かいがい》しい姿を優しい眼差《まなざ》しで見つめながら、ヴィクトリアはこう切り出した。

「私も、我が君とお話がしたいと思うておりました。よい機会をいただきました」

「そうなのかね？　なにか、わたしに伝えたいことが？　ああ、夫としての心構えならば、是非とも拝聴したいものだ」

「……ある意味ではさようなことやもしれません」

「むむ？」

切り分けた小さなパイをヴィクトリアの前に置き、ジョアンは、ともすれば頼り無く見える痩《や》せた顔に、穏やかな笑みを浮かべた。

「お手柔らかに頼む、と言わねばならないかな」

「いいえ、大したことではありませぬ。……披露宴での、フランク特使のことでございますが」

それを聞くなり、ジョアンの表情が変わった。滅多《めった》に見せない嫌悪の色が、いつもは優しい表情を曇らせる。

「奴隷《どれい》などと……野蛮《やばん》なことを。あの女性はなんとも気の毒だ。きっと故郷から無理矢理連れ出されたのだろうね」

ヴィクトリアも、痛ましげに頷《うなず》いた。

「ええ。いたわしいことです。私たちにはどうしてやることもできませぬが」

「そうだね。わたしが贈り物を拒《こば》んだことで、あの女性がピネという男に酷い目に遭《あ》わされていないといいのだが」

「私も、それを案じておりました。案じても詮無《せんな》いこととはいえ……不憫《ふびん》な」

そこで言葉を切り、ヴィクトリアは明るいブルーの瞳でジョアンをじっと見た。

「どうしたね?」

ジョアンに話すよう促され、ヴィクトリアは注意深く切り出した。

「あの女性をとは申しませぬが、我が君が側室をお迎えになることに、私は異を唱えるつもりはございませぬ。今宵《こよい》、確《しか》とその旨《むね》をお伝えしておくべきかと思いました」

その申し出は、予想の範疇《はんちゅう》を超えていたらしい。ジョアンは心底驚いた顔で、持ち上げようとしていたパイをぽとりと落とす。それにも気付かない様子で、彼はその手を毛皮につき、ヴィクトリアのほうに身を乗り出した。

「何故、そのようなことを？」

直裁的《ちょくせつ》に問われ、ヴィクトリアはいささか戸惑いながらも率直《そっちょく》に答える。

「私が、男であるからです。我が君が女性をお求めになるのも道理、肉の繋《つな》がりを持つことができる側室をお迎えになるのは、ごく自然なことかと」

「ヴィクトリア……」

「私はそうした覚悟も決めて、ここに嫁《とつ》いで参りました。我が君が、私を『相棒』と仰《おお》せになった、そのお言葉で十分でございます。我が君が側室をお迎えになろうと、蔑《ないがし》ろにされたなどとは決して思いませぬ。国の財政が上向けば、側室のひとりや二人、養えるようになろうかと。そうなれば、万事、我が君のよろしきように」

「いや、待て。待ってくれないか」

ジョアンは少し慌てた様子で、ヴィクトリアの話を遮《さえぎ》った。

「わたしは、そんなことがしたいがために、国を富ませようと努めているのではないよ」

「それは承知しております。我が君は、ひとえに民のことを案じておいでです。されど、御身の幸せを求めることを、誰が咎《とが》めましょうや」

「……ヴィクトリア」

「はい」

ジョアンはただでさえ薄い胸がさらに薄くなりそうなほど深い溜め息をつくと、酷く困った顔で笑った。まさに、喜びと困惑が入り交じった、複雑すぎる微笑である。

「我が君?」

その表情が意図するところが理解しきれず、ヴィクトリアもいささか戸惑った様子で首を傾《かし》げる。

「ヴィクトリア、あなたは賢い人だが、やはりまだ若いのだね」

ジョアンは、目の前に座っているヴィクトリアの膝をポンと叩いて、こう言った。

「わたしは、アングレ王などとは違う。女性なしには生きられぬという類《たぐい》の男ではない。前の妻が生きていた頃は、彼女だけをひたすらに愛した」

「……はい」

「はい?」

「今は、わたしとこの国を立て直すために、苦労を承知で嫁《とつ》いで来てくれたあなたを、ひたすらに愛するつもりでいる」

「我が君……」

化粧《けしょう》を落とし、素顔になっても、大抵の女性は敵《かな》わない美貌《びぼう》の「妻」を眩《まぶ》しそうに見つめ、ジョアンは酷く照れた様子で、指先で羊の皮に何本も筋を作りながらこう言った。

「正直、そのような心持ちになるなど、あなたと共に暮らすまで思いもよらなかったが」

「……はい」

「情を交わすなら、わたしの妻となってくれたあなたがよい、ヴィクトリア。当たり前ではないかね？」

それはおそらく、朴訥《ぼくとつ》な中年男にとっては決死の愛の告白だったのだろうが、当のヴィクトリアのほうは、むしろポカンとしている様子だ。

「我が君。重ねて申し上げますが、わたしは男でございますよ」

「無論、承知しているとも」

「……我が主にそちらのたしなみもあられるとは存じ上げませなんだ」

やはり呆気《あっけ》にとられている様子のヴィクトリアに、ジョアンはとうとう小さな声を上げて笑い出した。

　姫王子として幼い頃から厳しい教育を受け、心構えは十分過ぎるほど出来ているヴィクトリアに、初めて「抜けている」ところを見つけ、たまらなく可愛《かわい》らしく思えてきたからだ。

「まさか。自慢ではないが、わたしは閨《ねや》のことにはてんで奥手でね。これまでにそういう間柄になったのは、亡き妻だけだよ。あの人がわたしの初恋だったものだからね」

「初恋の君を妻にお迎えになるなど、我が君はお幸せな方であらせられますな」

「本当にね。そして、今、あなたのような素晴らしい人が、二人目の妻として傍にいてくれる。わたしは貧しい国の王だが、どんな富める国の王でも得られない妻を二人も持てた。果報者《かほうもの》と言わずして何とする」

　嬉しそうにそう言ってから、ジョアンは少し慌てた様子で付け加えた。

「たしなみなどではなく、心底愛《いと》おしく思う相手でなければ、閨を共にしたくはない、と言いたかっただけなのだ。もし、あなたがわたし相手ではそのような気持ちにはなれぬというなら、無理強《じ》いをするつもりは毛頭《もうとう》ないよ」

「いいえ。わたしは姫王子として育てられました。いずれは殿方《とのがた》に嫁ぐ身として、殿方のお相手を仕れますよう、教えは受けております。望んで我が君に嫁ぎました上は……その、そうしたことも望みのうちと申しますか……」

いつも冷静沈着なヴィクトリアの頬《ほお》が、ジョアンの目の前でバラ色に染まっていく。

初めて年相応の初々しい恥じらいを見せるヴィクトリアに、ジョアンは愛おしげに目を細めた。しかし、ヴィクトリアはなお言い募《つの》った。

「されど、我が君」

「うん？」

「枕を交わし、いかに睦《むつ》み合うたとしても、わたしでは、お子を成すことはできませぬ。その懸念《けねん》もありて、側室をと申し上げたのです」

「子供はキャスリーンだけでよい」

ジョアンの返答は明快極まりない。むしろヴィクトリアのほうが困惑気味に言葉を返した。

「されど、我が君。王家にお子がひとりというのは、あまりに……」

「よいのだよ。ヴィクトリア、わたしは、王家の存続ということに固執したことは一度もないのだ」

ヴィクトリアは、今度こそ困り果てて大きな目を瞬かせる。

「王家の存続は、国王の大切な務めの一つ。わたしはそう教えられて育ちました」

「それが国家の安寧《あんねい》に繋がるなら、そうだろうね。しかしポートギースは、とても小さな国だ。国土は狭く、気候は厳しく、国民の数も少ない。独立国家として他の国々と渡り合うのは、そもそもとても難しいことだ」

「されど、我が君はそれを成し遂《と》げていらっしゃる」

「今はね。それが、民を幸せにできるいちばんの方法だと思うからだ。このように弱い国のままでは、どこぞの大国の属国、あるいは領土の一部となっても、ポートギースの民は軽んぜられ、下手《へた》をすると虐待《ぎゃくたい》を受けるやもしれない。そんな風に過酷《かこく》な環境に民を置くことはできない」

穏やかに語るジョアンの声には、強い決意が漲《みなぎ》っている。ヴィクトリアはそっと問いかけた。

「国を豊かにしたい、この国のよきところを他国に知らしめたいというのは、もしや……ポートギースの価値を高め、いずれ他国の一部となろうとも……」

「そう、あの素晴らしいポートギースの民かと、他国の人々に一目置かれるようになってほしいのだ。無論、先のことはキャスリーンが決めるだろう。そのときに、よりよき選択ができるよう、わたしは出来る限りの備えをしておいてやりたい」

初めて明かされたジョアンの覚悟に、ヴィクトリアはしばし沈黙した。

「すまない。このような覇気のない夫では、納得がいかないかもしれないが」

ジョアンは心配そうにそう言ったが、やがてヴィクトリアは、いつもの彼らしく明るく微笑《ほほえ》んで口を開いた。

「我が君は、わたしが勝手に思うておりましたより、遥《はる》かに度量の大きなお方。喜んで、わたしもこの国の礎《いしずえ》になりましょう。キャスリーンにこの国を託すそのときまで、我が君と共に、この国を守り、育てて参ります」

「ヴィクトリア……ありがとう」

ジョアンはヴィクトリアのたおやかな手を取ると、ぎこちなく、しかし思いを込めて恭《うやうや》しく口づける。

「我が君。手に口づけとは、いささか奥ゆかし過ぎるのではありますまいか。それでは、事を為す前に日が昇ってしまいまする」

ヴィクトリアの照れ隠しのからかいに、こちらも盛大に照れながらジョアンが何か言い返そうとしたとき……彼らもまた、奇妙な物音を聞いた。

それに続いて、ごく微《かす》かな悲鳴をも。

甘やかな雰囲気《ふんいき》は瞬時に消え、二人は顔を見合わせた。

「我が君、今の物音と声は……」

「何かが起こったようだ。あなたはここにいるといい。わたしが様子を見てこよう」

「いえ、私も参ります！」

ヴィクトリアはそう言うが早いか、軽い身のこなしで立ち上がり、寝間着の上からガウンを羽織《はお》り、枕元の短剣に手を伸ばす。

「わかった。では行こう」

二人もまた、遊馬たちと同じく、音の出所を突き止めるべく寝室を飛び出した……。


「さっき僕たちがいた場所の真上は、たぶん……」

ようやく足を止めた遊馬は、息を切らし、掠《かす》れた声を絞《しぼ》り出した。こちらも呼吸を乱してはいるが、まだまだ元気なキャスリーンは、前方を指さす。

「たぶんあっち……アスマ、あそこ！　扉が開いてる！」

廊下《ろうか》を走り、階段を駆け上がった彼らが今いるのは、賓客《ひんきやく》のために用意した部屋の中でも、最上級の広い二部屋があるフロアだった。

そのうち一部屋の扉が薄く開いている。

「あの部屋は……フランク特使の……」

「ピネの部屋⁉」

「確かそうです」

二人は用心しながら、抜き足差し足で部屋に近づいた。

賓客の部屋の前には護衛の兵士を立たせることになっているが、ピネは自分の従者を立たせるからと、ポートギース兵を退けていた。

そして今、部屋の前には、ピネの従者とおぼしき男性が二人、情けなく倒れている。

「アスマ、この人たちは……」

「しっ。今、調べます」

遊馬は動転するキャスリーンをよそに、男たちの傍にしゃがみこみ、首筋で脈を確かめた。

「大丈夫、生きてますよ。気絶させられているだけみたいだ」

「ホント？　よかった」

「注意して。部屋の中を覗《のぞ》いてみます」

遊馬は立ち上がると、倒れた従者を跨《また》いで、扉の前に立った。扉にそっと手を掛け、少しずつ開いていく。

中から何かが襲いかかってきたらどうしようかと心臓はバクバクしていたが、室内からは、暖炉《だんろ》の薪《まき》が爆《は》ぜる小さな音しか聞こえてこない。

「あの……ピネさん……？」

呼びかけても返事はない。

思いきって、遊馬は、扉を大きく開けてみた。そのままの勢いで、部屋に一歩踏み込む。

赤々と燃える暖炉の火、そしてあちこちに贅沢《ぜいたく》に置かれた燭台の炎が、室内をそれなりに明るく照らしている。

ドキドキしながら足を踏み入れた広い室内には、誰もいなかった。

あるいは、間続きの寝室にピネがいるかもしれない。

「どう?」

背後にやってきたキャスリーンに、口元に人差し指を当てて静かにするよう指示して、遊馬は足音を忍ばせ、部屋を突っ切って、寝室へと向かった。キャスリーンも、緊張で強《こわ》張《ば》った顔でついてくる。

目の前にある寝室の扉は、大きく開け放たれていた。白く塗られた扉に、寝室の暖炉の炎が作る影がゆらゆらと映っている。

「だ……誰か……ピネさん? いますか?」

小声で呼びかけるが、相変わらず返事はない。

(あくそ、もう、飛び込むしかないか)

何かあったら、キャスリーンにはすぐ逃げろと言わなくてはならない。その心構えをしてから、遊馬は大股《おおまた》に寝室に踏み込み……そして、驚きの声を上げた。

「うわあぁッ！」

暖炉に火を入れているのに、寝室の窓は全開だった。

そして……ピネの姿はそこにはなく、代わりに二人の人間がいた。

ひとりは、ベッドの上に血だらけで倒れている、あの褐色《かっしょく》の肌の奴隷《どれい》の女性。しどけなく横たわる彼女は、ほぼ全裸だ。

そしてもう一人は……血染めの短剣を手にガタガタ震えているギルバート・フリンだった。

「フリンさん……っ⁉」

驚いて呼びかけた遊馬の声に、フリンは数十秒も経ってから、油の切れたからくり人形のように、ゆっくりと反応する。

血走った双眸《そうぼう》が遊馬を捉え、痙攣《けいれん》するように震え続ける手からは短剣が床に落ち、硬質の音を立てた……。

五章　人を恋うるということ

　ほどなく、ジョアンとヴィクトリアと共に駆けつけた兵士たちによって、遊馬《あすま》とキャスリーンは、いったん寝室から追い出された。

　そして、ギルバート・フリンは兵士たちに囲まれ、拘束《こうそく》された。

　彼に戦意はなく、むしろ放心状態で、無抵抗のまま縄を打たれた。

　ただ、マチアス・ピネの寝室から連れ出されるとき、ベッドの上に横たわる女性のほうをずっと凝視しており、彼女のほうに行きたそうにする素振りは見せたが、それとて酷《ひど》く弱々しかった。

「アスマ、女の人は⁉」

　フリンが連れ去られるのとほぼ同時に、焦れたキャスリーンが叫ぶ。遊馬も、兵士たちが咎《とが》めようとするのに構わず、寝室に飛び込んだ。

　ベッドの上の女性は、ピクリとも動かない。

彫像のように美しい裸体には、ビリビリに裂けた白い服が海藻のように絡みつき、胸元が朱に染まっていた。

遊馬は躊躇《ためら》わず、シーツで胸元の血を軽く拭《ぬぐ》う。すると現れたのは、いかにも刃物でつけられたような刺創《しそう》だった。

遊馬は、思わず振り返る。

さっき、フリンの手から落ちた短剣の刃には、血液がねっとり付着している。

（あの短剣で刺されたと考えるのが妥当《だとう》だな。だけど、どうしてフリンさんがこの人を刺さなきゃいけないんだ？）

遊馬の胸には疑問が渦巻《うずま》いていたが、今はまず、女性の状態を確かめるほうが先決だ。

寝室は、開け放した窓から月の光が入り、暖炉《だんろ》の炎もあるにはあるが、どうにも薄暗い。

「姫様！　ロウソクを」

「わかった！」

キャスリーンは寝間着を翻《ひるがえ》し、すぐに居間のほうから燭台《しょくだい》を持ってくる。

「どこを照らせば……ッ」

ベッドに駆け寄ったキャスリーンは、女性の胸元から滴《したた》り、シーツを染める血液に顔色を変える。だが遊馬は、彼女のショックを敢《あ》えて無視して指示を出した。

「そのあたりでいいです。しっかり燭台を持っていてください。気分が悪くなったなら、他の人に代わって」

そう言われればキャスリーンがムキになると、半ば確信しての物言いだったのだが、案《あん》の定《じょう》、キャスリーンは両足を思いきり踏ん張った。

「平気！」

「……じゃあ、よろしくお願いします」

そう声をかけて、遊馬は女性の手首、次いで頸部《けいぶ》に指先で触れて、脈拍を確かめた。その後、口と鼻の前に手のひらをかざす。

「脈はちゃんとある。自発呼吸も弱々しいけどある」

「生きてるのね⁉」

キャスリーンの弾んだ声に、部屋の入り口で様子を見ていたジョアンとヴィクトリア、そしてもうひとりが寝室に入ってくる。

「はい、生きています……って、姫様、燭台はしっかり持っててって……」

胸元の傷を調べようとしたとき、急に手元が暗くなったので、遊馬はキャスリーンに文句を言った。だが、いつもなら打てば響くように言い返してくるはずのキャスリーンが、無言のままだ。

「……姫様？」

訝《いぶか》しく思った遊馬が顔を上げると、キャスリーンは、まだ全開のままの窓のほうを向いて、固まっていた。斜めになった燭台からは、溶けた蠟《ろう》が床に滴っているが、それに気付く様子もない。

「どうしたんです？」

仕方なく、遊馬は乗り上げていたベッドからいったん降り、キャスリーンの隣に立った。

「アスマ、あれ」

キャスリーンは震える声でそう言って、窓の下を指さした。

「はい？」

その指先が示すほうを見た遊馬は、息を呑《の》んだ。

地面に並んだ松明《たいまつ》に照らされているのは、全裸の男の身体《からだ》だった。しかもその周囲には、どす黒い血だまりが出来ている。

うつ伏せになっていて顔は見えないが、つんつんと外ハネになった金髪、そして何よりたぷたぷと緩《ゆる》み切った肉づきを見るだに、マチアス・ピネであることに間違いはないだろう。

「さっき、悲鳴の前に何かが落ちた音がしたの、これか……！」

遊馬の推測に、キャスリーンは暗がりでも蒼白なのがわかる顔で、なおも気丈に問いかけた。

「あっちは死んでる……わよね？」

「おそらく。間違いなくこの窓から落ちたんでしょう。無事で済むとは思えません」

「アスマ、いったい何がどうなっているのかね」

オロオロと問いかけるジョアンに、遊馬は、いつもの如く、こういうときに限って驚くほど冷静になる自分に気付きつつ答えた。

「わかりません。ですが、短剣を持っていたのは、間違いなくフリンさんでした。そして、その短剣に傷つけられたと思われるのが、この女性です。さらに……」

「窓の外ではあの品性下劣《げれつ》な商人が死んでいるわけか。なんともはや」

「えっ？」

ジョアンのものではない声を聞いて、遊馬はドキッとしてそちらを見た。

てっきり、国王夫妻の隣にいるのは、騒ぎを聞きつけて目を覚ましたクリストファーだとばかり思っていたが、実はそれはアングレ皇太子、ローレンスだったのである。

寝間着姿のローレンスは、事態に興味を失ったような顔つきで、踵《きびす》を返す。

女性の状態が安定しているようだと考えた遊馬は、ローレンスを慌てて呼び止めた。

「何か？」

「何かって言われるとあれなんですけど……その、殿下のお部屋は、同じ階ですよね？　この部屋からそこそこ近い……」

「それが如何《いかが》した？」

「何か、物音とか、言い争う声とか、聞こえませんでしたか？　その、殿下じゃなくても、見張りの方とかでもいいんですけど」

遊馬が現代日本で目指していたのは法医学者であって、決して刑事ではないのだが、こちらの世界に来て、あれこれと事件に巻き込まれる中で、自然とその両方を兼ねる立場に落ちつきつつある。

まさに聞き込み中の刑事のような遊馬の質問に、ローレンスは眠そうな顔で鼻を鳴らした。

「知らぬな。わたしは休んでおったし、我が兵どもは、わたしのみを護衛しておる。同じ階で何があったとしても、わたしにかかわりなきことは見聞きしておらぬと同じだ」

「そ、そんなあ」

静かだが木で鼻を括《くく》ったようなローレンスの返答に、遊馬はうっと鼻白《はなじろ》む。

だが、ピネの死体を見てしまったショックから少し立ち直ったらしきキャスリーンが、遊馬に加勢した。

「殿下、そんなことを言わずに、教えてください。殿下が起きてここにいらっしゃったということは、護衛に何か報告を受けたからでは？　別に、隠すことでもないでしょう？　ケチケチしないで」

「ちょ、姫様」

遊馬は思わず眉間《みけん》に手を当てた。

自分がこれだけ低姿勢に聞いて何も引き出せないのに、キャスリーンにローレンスに負けず劣らず高飛車《たかびしや》に質問を繰り出してしまわれては、とてもまともな情報など得られそうにない。

だが、不思議なことに、ローレンスは、そうしたキャスリーンの態度がやけに気に入った様子で、「なるほど、確かに隠すことでもないな」とくつくつと笑うと、こう答えた。

「わたしが報告を受けたところ、我が護衛兵の聞いた音は、こうだ。微《かす》かな足音、人間が揉《も》み合うような物音、扉が開く音、微かな女の声、ガタガタという物音、ドスリという重い物音、さっきより大きな女の悲鳴……これでよいか」

「感謝致します！」

キャスリーンは嬉しそうに礼を述べ、遊馬は考え込む。

（近くにいたローレンスさんの護衛兵は、僕たちよりたくさんの物音を聞いてる。この中で、下の階にいる僕たちまで届いたのは、ドスリという重い物音、そして女の悲鳴だ）

「ドスリという音は、たぶんピネさんがこの窓から転落し、地面に激突した音でしょう。そして、女の悲鳴というのは……」

「そこな女奴隷《おんなどれい》のものだろう」

そう言うと、ローレンスは相変わらず冷ややかな口調で、平然と推理を述べた。

「宴会場で、あのフリンとかいう男は、この女をかばい立てした。美しい女だ、一目で懸《け》想《そう》したのであろうよ。そして、女を奪い取るため、ピネの護衛二人を打ち倒した」

「その物音をちゃんと聞いてたのに、殿下の兵隊は、様子を見にもいかなかったのね」

キャスリーンの呆《あき》れ声は、特に誰に訊かせるためのものでもなかったのだが、ローレンスはそれをきっちり聞き咎めた。

「当然だ、ポートギースの姫君よ。フランク人がどうなろうと、正直、我等には何の関係もないゆえな」

「大人げない……」

今度こそローレンスに聞こえないように口の中で呟《つぶや》き、キャスリーンは堂々と推理を引き継いだ。

「そうして部屋に入ってみたら、この女の人が、ピネに乱暴されてたってわけね？　ピネは裸だし、この女の人の服はビリビリに裂かれてる。子供にだってわかるわ。穢《けが》らわしい男」

死んで当然と言いたげだったが、その言葉だけはぐっと呑《の》み込み、キャスリーンは自分のストールを外し、女性の胸から下を覆《おお》ってやる。

ヴィクトリアも、沈痛な面持《おもも》ちで口を開いた。

「もしや、その光景を見て、フリンが激昂《げっこう》し、ピネとこの女性を共に殺害せしめようとした……とお考えか？」

ローレンスは、さほど広くない肩をそびやかす。

「他に如何《いか》なる推理の仕様があろうか。赤子の首を捻《ひね》るより容易《たやす》き事件ではないか」

そう言うと、ローレンスはこれ見よがしな欠伸《あくび》をした。

「ああ、くだらぬことで眠りを妨げられた。かようなことは、宴《うたげ》の話題にもならぬわ。起こされ損と言うより他がないな」

不遜《ふそん》に吐き捨て、ローレンスは踵を返す。

だが、そんな彼の足を止めさせたのは、ジョアンの静かな声だった。

「そうだろうか。わたしはそうは思わないのだがね」

「……ジョアン王の見立ては異なると仰《おお》せですか」

冴えない小国の王に真っ向から自分の推理を否定され、ローレンスは軽く苛立《いらだ》った様子で振り返る。

ジョアンは鳩を思わせる角度で小首を傾《かし》げ、事件現場にいるとは到底思えない穏やかな調子でこう言った。

「そうだね。何故なら、宴の会場でこの女性を抱き締めたときのフリンの顔は、真剣そのものだったからだ。貴殿の仰せのとおり、フリンはこの女性に一目惚《ひとめぼ》れしたのだろう。その心持ちはよくわかる。わたしも、前の妻に一目惚れだったから……そして、今の妻にも」

ヴィクトリアにしっかりフォローを入れてから、ジョアンはローレンスをじっと見た。

「自分の恋うる女性が他の男性に乱暴されているところを目《ま》の当たりにして、激昂するのは無理もないことだ」

「わたしはそう推理したはずですが」

尖った声で言い返すローレンスに、ジョアンはあくまでも優しく、子供に言い聞かせるような口調で応じた。

「それゆえ、他の男性……ピネに害を与えよう、極端ではあるが命を奪おうとするのは理解できる。しかし、恋うる女性を、ピネに乱暴されたからという理由で殺そうとするとは、どうしても思えないのだよ」

「他の男に穢された女を、生かしておく必要はないでしょう」

真顔で言い放ったローレンスを、ジョアンは悲しげに見た。その薄い茶色の目には、なんとも言えない哀れみの色がある。

「ローレンスどの。それは貴殿が、誰かを心から恋うたことがないからだ。彼女の衣服を見るといい。あの裂けよう、到底、喜んでピネに身を任せたとは思えない。意に反して男に乱暴された女性を価値なきもののように言うのは、貴殿がまだ愛を知らぬがゆえ。わたしは、我が家臣フリンは、さような人物ではないと信じております」

「……ジョアン陛下は、わたしを愚弄《ぐろう》なされるか！」

「いやいや、滅相《めっそう》もない。これは、過ぎた妻を二人も持った果報者《かほうもの》の、とんだのろけとお受け取りいただきたい。ご無礼を申しました」

ローレンスの顔が怒りで紅潮するのを見て、さらりとそんな軽口で話を切り上げ、ジョアンは遊馬を見た。

「アスマ、その女性、助けられるかね？」

遊馬はやや曖昧《あいまい》に頷《うなず》く。

「傷をきちんと調べないとなんとも言えませんけど、今、命の瀬戸際《せとぎわ》って感じではありません。それなりに安定している印象があります」

「ならば、助けてやっておくれ。ヴィクトリアから、君は医薬の道に長《た》けていると聞いている」

「……長けてはいませんけど、ベストを尽くします。……すみません、兵士の方に、僕の部屋に行って、クリスさんを起こして、『救急箱』を持ってきてくれるように頼んでもらえませんか？」

「相わかった」

ヴィクトリアが、すぐ間近にいた兵士に命令を下す。

ジョアンは、そんなヴィクトリアの肩を抱いた。

「これは、寝ている場合ではなくなったな。いったん部屋に戻り、着替えてくるとしよう。このなりでは風邪《かぜ》を引く。……アスマ、この場は任せてよいかね？」

「勿論《もちろん》です」

遊馬が頷いたので、ジョアンはヴィクトリアを伴《ともな》い、部屋を出ていく。

ローレンスもそれに続こうとしたが、彼を呼び止めたのは、キャスリーンだった。

「ローレンス様！」

って もよい。

小娘とはいえ、王位継承者という地位において、キャスリーンはローレンスと同格とい
ってもよい。

さすがに無視できないと判断したのか、ローレンスは苦虫《にがむし》を噛《か》み潰したような顔で、そ
れでも言われたとおり大きなベッドに近づいた。

「何かね、キャスリーンどの」

するとキャスリーンは、まさかの行動に出た。燭台《しょくだい》を、ローレンスの手に押しつけたの
だ。

「ちょ、ちょっと、姫様！」

それを見て焦る遊馬を、キャスリーンは叱《しか》りつけた。

「アスマはちゃんとその人を診《み》てあげて！　ローレンス様は、しっかり燭台を持ってて。

アスマが照らしてほしいところに、燭台を移動させてあげてください。……さ、両手が自
由になったから手伝うわよ、アスマ」

「な……な、な、なんと」

四十年あまりのこれまでの人生で、十二歳の少女に顎《あご》で使われたことなどただの一度も

なかったのだろう。ローレンスの広いこめかみに、ビキビキと青筋が浮かび上がる。

しかしそんなことにはお構いなしに、キャスリーンは遊馬に重ねて指示を仰《あお》ぐ。

仕方なく、遊馬も鬼のような顔をしているローレンスをできるだけ見ないようにして、キャスリーンに言った。

「じゃあ、そこの水差しと洗面器を使って、できるだけ綺麗《きれい》なタオルを、あるだけ濡らして絞《しぼ》って来てください。たぶん何度か往復してもらうことになります」

「わかった！」

キャスリーンは頷くと、軽い身のこなしで洗面所へ駆け込む。

「ええと、その、あの、まことに申し訳ないんですけど、こう……この人の胸元が明るく見えるように、燭台を移動させていただけると凄く助かります」

「……こうか」

一音一音区切って、ゲージが振り切れたロボットのような声で、ローレンスは返事をする。

「まことに結構です！　ありがとうございます！」

全身を冷や汗でびっしょりにしながら、遊馬は女性の血だらけの胸元を診察し始めた。

「アスマ、タオルよ！」

キャスリーンが差し出してくれた濡れタオルで、優しく血液を拭き取っていく。

ちょうど左乳房の上に、パックリと口を開けた刺創《しそう》が姿を現す。鋭利な刃物、つまり、床に落ちている、フリンが持っていた短剣の先端で刺したものと考えて、特に矛盾《むじゅん》はないだろう。

「ああ……思ったより深くないな。心臓にはとても届かないし、肺もこの分だと損傷されてない。肋軟骨《ろくなんこつ》に切り込んだところで止まったんだな」

女性が気を失っているので、アスマは思いきって指先で傷を広げ、内部の様子を確かめる。

「……っ」

気絶しても、痛みはある程度感じられるのだろうか。女性は細い眉《まゆ》をひそめ、苦しげな掠《かす》れ声を漏《も》らす。

「あっ、す、すみません。できるだけ痛くないように診ますから。……最終的にはたぶん縫《ぬ》うので痛いと思いますけど。すみません」

我ながら支離滅裂《しりめつれつ》な謝罪の言葉を口にしながら、遊馬はさらに傷口周囲を綺麗にしていく。

すると、その刺創を取り囲むように、もっと小さく浅い刺創が四つあるのがわかった。

いずれも新鮮で、おそらく最初に見つけたいちばん大きな刺創と同じタイミングで出来た傷だと思われる。

（これは……！）

遊馬はキャスリーンに声をかけようとしたが、それより先に、キャスリーンは、憮然として、そえでも律儀に燭台を持っているローレンスに呼びかけた。

「まだ何かあるのかね、姫君」

するとキャスリーンは、さっき自分がかけてやったストールをめくり、女性の裸身を敢《あ》えてローレンスに示した。

「……子供が、女の裸など男に見せてからかうものでは」

「馬鹿なの、あんた！」

「な……ッ」

いきなりの罵倒《ばとう》に驚愕《きょうがく》し、怒ることすらし損《そこ》ねたローレンスに、キャスリーンはピシャリと言った。

「よく見なさいよ。服はビリビリだし、あちこちに出来たばっかりの痣《あざ》がある。贈り物として役に立たなかったからって、この人、ピネにとんでもなく手荒に扱われたのよ」

「それは、奴隷《どれい》ゆえやむなきこと」

「そういうことを言ってるんじゃない。奴隷だろうと何だろうと、人は人。理不尽に酷《ひど》い目に遭《あ》わされた人を見たとき、やるべきことは二つだけよ。労《いたわ》ることと、守ること！　そんなことも知らずに、よく皇太子なんかやってるわね！　私が民なら、あんたなんかに国は任せられないわ」

「こ……こ、この、小娘、が！」

　怒りのボルテージが瞬時に上がりすぎて、ローレンスはもはやカタコトになってしまっている。手がわなわなと震え、燭台が女性の身体《からだ》の上に落ちそうになった。

「うわっ」

　遊馬は慌てて手を出したが、それより一瞬早くローレンスの手から燭台を奪い取ったキャスリーンは、ちょうど駆けつけてきたクリストファーにそれを差し出した。

「フォークナー、燭台をお願い」

「心得ました！　これはいったい……」

「話はあと。とにかく手伝って」

「かしこまりました」

　遊馬の助手は慣れっこのクリストファーである。燭台を受け取ると、手際《てぎわ》よく、遊馬の処置している部分を明るく照らしてやる。

「……もう結構です。お手伝い、感謝致します」

ツンと澄まして形ばかりの感謝の言葉をローレンスに投げかけると、キャスリーンは、血に汚れたタオルを躊躇《ためら》いなく取り、洗面所へ洗いに行く。

「生意気な小娘、め」

そんなキビキビしたキャスリーンの後ろ姿を呆然《ぼうぜん》と見送り、ローレンスは呟《つぶや》いた。だが、その険しい顔とは裏腹に、彼の瞳からは、少しずつ怒りの色が薄くなっていった。

「やれやれ。お前と共にいると、死体には事欠かんな」

「またそういうことを言う！　僕のせいみたいじゃないですか」

遊馬と二人だけになると、生真面目《きまじめ》なクリストファーも、冗談だか本気だかわからない軽口を叩く。

今、城内の空き部屋にいる二人の前には、古いテーブルで作った即席の寝台の上に寝かされた、マチアス・ピネの遺体があった。

窓から落ちて地面に叩きつけられたピネの頭部は、見事なまでに粉砕骨折《ふんさいこっせつ》し、脳の欠片《かけら》が地面に散乱しているありさまだった。

今、血糊《ちのり》を綺麗に拭き取り、頭部の傷も極力整復して、頭部全体を布で巻き上げて外見を整えてあるが、普通に考えれば、それが致命傷であることに間違いはない。他にも落下による骨折があちこちに見られるが、脳が挫滅《ざめつ》すれば、どんな人間でも確実に死ぬ。

事件現場を見た者は皆、ピネは、女性を乱暴しているところをフリンに見つかり、窓から突き落とされて死亡したのだろうと考えた。

女性の傷は命に別状がなく、ほどなく意識も回復した。今は客室で手篤《てあつ》く看護されているが、耳が聞こえない上に、読み書きもできないようで、意志の疎通《そつう》ができないままでいる。

片やフリンは、城の牢《ろう》に収容されている。

落ち着きを取り戻した彼は、しばらく黙秘していたが、女性の無事を知らされると、自分がピネと女性を殺害しようとしたと自供した。

つまり、ローレンス皇太子の推理どおりの展開である。

幸い、深夜の騒動だった上、他の賓客たちの部屋とは離れた場所で発生した事件だったので、ピネの死は、事件直後に現場に集まった者たち以外には気付かれなかった。

翌朝、何も知らない客人たちは、朝食を摂《と》り、再び城下の人々の手篤い見送りを受けて、機嫌よく去って行った。

今、城内に残っているのは、主を失って途方に暮れるピネの従者たちと、奴隷の女性、ロデリック、そして、何故かローレンス皇太子だけだ。

何故、彼が、昼を過ぎても平然と城に居座っているのかは誰にもわからないが、さすがに「まだお帰りにならないのですか」と訊ねるわけにもいかない。ジョアンも「ご迷惑をおかけしたのだ。好きなだけ留まっていただくより他があるまい」と諦めている。

しかもローレンスは何故か、事件にやけに興味を示し始めた。

まさかキャスリーンに使い立てされたからではあるまいが、あるいは、今のところ自分の推理どおりに、捜査が推移しているので、気をよくしているのかもしれない。

しかし、ジョアン王のほうは、気をよくするどころの騒ぎではない。

彼は、この一件によって、極めて微妙な対応を要求されることとなった。

ピネが貴族や王族でない、ただの豪商であったことは不幸中の幸いだが、とはいえ、彼はフランク王に公式に特使に任ぜられた人物である。

それが、ポートギース城内で、しかもジョアン王の家臣のひとりに殺害されたとなれば、これは立派な外交問題となる。

ポートギースに差し出すものなど何もないというのは、フランク王も百も承知だろう。となれば、ジョアンの妻たるヴィクトリアの実家筋、つまりマーキス王国に謝罪と賠償《ばいしょう》を要求することになるに違いない。

　朝になって事情を聞いたロデリックは、「私財でまかなえる程度なら力になろう」と言った。それは裏返せば、「いくら縁戚《えんせき》関係であっても、国と国の問題となると、関わることはできない」と突き放したのと同義である。

　その上でロデリックは、義弟が今回の問題をどう解決するか、見物を決め込んでいるというスタンスだ。

　もっともジョアンとしても、これまでさんざん援助を受けてきた義兄のロデリックに、これ以上迷惑をかけられないというのが正直な気持ちである。

　フランク王国との問題をポートギース国内でどうにか落着させるためには、下手人《げしゅにん》だと自白しているフリンを、フランク国王の望む方法で処罰しかないだろう。

　おそらくフランク国王は、フリンをフランク王国に連行し、身の毛もよだつほど残虐《ざんぎやく》な方法で死刑に処すよう要求してくるはずだ。フランク王国で、犯罪人の処刑が庶民《しょみん》の大きな娯楽《ごらく》になっていることは有名である。

「わたしの大事な家臣を、そんな恐ろしい目に遭わせたくはない。わたしは未だ、フリンのことを信じたい……いや、信じているのだ。あれも、あれの父と祖父のことも、わたしはよく知っている。皆、美しいものを愛する、心穏やかな一家なのだ。人を殺《あや》めるなどとは考えられない。……アスマ、何かもっとわかることはないのか？　フリンは誰かを庇《かば》っているのではないのか？」

　ジョアンは苦しげな表情で、遊馬にそう訴えた。ヴィクトリアも、クリストファーと遊馬を呼び、事件捜査のために必要なことは何でもするようにと命じた。

　そこで二人は、事件翌日の午後、再びピネの遺体を検分死に来たというわけだった。

「この遺体をもう一度見て、何かわかりそうなのか？」

　うんざりした顔つきのクリストファーに、遊馬も浮かない表情で答えた。

「わかりませんよ、そんなの。でも、こういうことは現場百遍《げんばひやっぺん》、遺体百見《いたいひやくけん》です」

「何だそれは」

「前半は警察用語、後半は僕が今作りました」

「ケイサツ？」

「憲兵さんみたいなもんです。とにかく、スタート地点に戻っておさらいするのが、捜査が行き詰まったときの鉄則なんです」

「……なるほどな。で？」

「頭の傷、他の人がいましたし、人目を避けるために、急いで整復してここに運ばなきゃいけなかったので、もしかしたら見落としがあるかと思って。もう一度、調べます」

そう言うと、遊馬は遺体頭部にみずから巻いた布を解き始めた。

「なるほど」

わかったようなわからないような呟きを漏《も》らしつつも、クリストファーは遊馬のために遺体の頭部を支え、手助けをしてやる。

やがて露わになったピネの頭部に、クリストファーはくぐもった声を漏らし、顔をしかめた。

傷口からは、血の臭《にお》いに交じって、独特の脳組織の臭気が漂っている。

「どこからどう見ても、砕けた頭と崩れた脳だろう」

そんなクリストファーの言葉に返事もせず、遊馬はピネの頭部にぐっと顔を近づけ、紙を掻き分けて、床に落とした卵のように無残に割れた傷口を観察し始めた。

マーキスの鍛冶屋《かじや》の力作であるピンセットを使い、子細に調べた後、全身を調べ直し、「うーん」と唸《うな》る。

「どうした？　何かわかったか？」

しばらく考えていた遊馬は、やがて迷いのない口調でこう言った。

「ちょっと、気になることがあります。すみません、クリスさん、皆さんをここに集めてもらえませんか？」

「構わんが、皆さんというのは誰のことだ？」

「そうですね、ジョアン陛下とヴィクトリアさん、ロデリックさんと、あとはやっぱりローレンスさんも呼びましょう。きっと乗りかかった船だし、何故かまだいるわけだし」

「……必要なんだな？」

「ええ。つまり、姫様以外ってことですけど」

「当然だ。子供にこんなものを見せるわけにはいかん。とにかく、すぐに皆様がたに来ていただくようお願いしてくる」

渋い顔でそう言うと、クリストファーは部屋を出ていく。

室内にひとりぼっちになったところで、遊馬はチュニックのウエストを絞るベルトに取り付けた革製のバッグから、グルグル巻いた布包みを取り出した。

それを開くと、姿を現したのは、この時代の技術では決して作ることができない、それでも遊馬の時代よりはずっと以前に作られた、医療用メスが出てきた。

以前、ほんのひとときだけ元の世界に戻れたとき、「法医学博物館」のガラスケースを割って持ち出してきたものだ。

咄嗟《とっさ》に盗みを働いてしまったことは大いに反省しているが、これを持ち帰ったことで、遊馬の解剖《かいぼう》作業が飛躍的にやりやすくなり、精度が上がった。

時代の古いメスを持ってきたことは、遊馬にとって結果的には幸運だった。現代のメスは使い捨ての替え刃が主流だが、昔のメスは刃と本体が一体型で、幾度も研《と》いで使うことができるからだ。

「よーし……。久しぶりに、使うことになりそうだな」

大事なメスが揃っていることを確認して、遊馬が昨日の疲れが残る身体《からだ》に活《かつ》を入れたそのとき、クリストファーに導かれ、一同がぞろぞろと入っていた。

やはり捜査状況に興味があるのだろう、見るからに不機嫌顔だが、ローレンスも素直に足を運んでくれたようだ。

ロデリックは、初めて見るピネの遺体に、暗青色の目をスッと細めた。

遊馬に教わって、遺体検案の知識も少々は得たロデリックなので、もしかすると、遊馬と同じ疑問を持ったのかもしれない。

だが、ロデリックは何も言わず、ただ解剖台の近くに立っているだけだ。

最後にヴィクトリアと共に入ってきたジョアン王は、期待と不安が入り交じった顔で、遊馬に訊ねた。

「アスマ、ピネの亡骸《なきがら》から、何かさらに判明したことがあるのかね？」

「たぶん判明したことがあって、それを確かめるお許しがいただきたくて、この場に来ていただきました」

「ふん。わたしの推理を覆《くつがえ》すつもりか？　面白い、そなたの知見を聞かせよ」

ローレンスに冷たい口調で促され、遊馬は「では」とピネの頭部の損傷《そんしょう》を一同に示した。

ロデリックとヴィクトリアは平気な顔をしているが、ジョアンとローレンスは、明らかにたじろいで半歩下がる。

それを気にしないようにして、遊馬は素知らぬ風で説明を始めた。

「ご遺体の頭部損傷をご覧下さい。これを見て、これが致命傷でないと考える人は、確かにあまりいないかもしれません。僕も、当初はそう思っていました」

ハンカチで鼻と口を覆《おお》ったローレンスは、それでも部屋から退出しようとはせず、遊馬に訊ねた。

「思っていましたということは、今は違う見解なのか？」

「はい。さっき、死ぬ気で死後硬直を解いたので、関節を曲げてお見せしますね」

キッパリ返事をすると、遊馬はピネの裸体の肘や膝、尻、肩のあたりを一同に示した。

「昨日の夜は暗かったですし、とにかく他のゲストにご遺体が見つからないよう、バタバタここに運んだもので、僕のチェックが甘かったです。今、明るい陽射しの中で改めて見ると、このご遺体、明らかにおかしいんです」

その発言に、一同の首が、見事に同じ角度に傾く。

「何がおかしいのだ？」

ローレンスはおっかなびっくりで伸び上がり、遺体に顔だけを近づけようとする。

そんな彼の鼻先に、遊馬はピネの銀の指輪をゴテゴテとはめた左手を突き出した。

「うわっ」

「驚いてないで、よく見てください。皆さんも。他の部位でもそうなんですけど、ピネさんは全裸で地面に落下されたので、全身あちこちに表皮剥脱《はくだつ》……つまり擦り傷があります。特に、身体で出っ張ったところ。肘、膝、肩、お尻、あとは指の関節も」

「それがどうしたというのだ？」

ローレンスは不愉快《ふゆかい》そうに声を尖らせる。遊馬は、それを受けて説明を続けた。

「確かに皮膚《ひふ》は剝けていますが、皆さんが擦り傷を作るときと違って、出血が見られませんね。ただ、皮膚が剝《は》げているだけです」

ヴィクトリアは遺体の肩の傷に美しい顔を寄せ、「確かに」と頷《うなず》いた。マーキスにいた頃、遊馬の解剖助手をも務めた彼だけに、死体の検分など恐れるに足りないのである。

「さらに、皮膚が剝がれている箇所は、すなわち身体が強く地面に当たったわけですから、必ず打ち身ができてないといけないのに、全身どこにもありません」

それはなかなかに盲点であったらしく、皆の口から「おお」という感心の声が上がった。

ようやく遺体に慣れてきたらしいローレンスは、ロデリックと共に、確かにどこにも打ち身がないことを確かめる。

ロデリックは、知的好奇心に鋭い目を輝かせ、遊馬に質問する。

「それは、何を示す所見なのだ、アスマ？」

「地面に落下時に受けた傷は、生命反応を示していないということです。出血していない、すなわち、既に心臓が止まっていたということになります」

遊馬はかなりの自信を持ってそう言ったが、クリストファーがすぐに異を唱えた。

「しかし、死体の周囲には血だまりが出来ていたぞ」

「それは、皮膚が断裂して、血管が損傷すれば、そこに存在していた血液は零《こぼ》れます。でも、それは出血とは違います。……血だまりの量は、思えばずいぶん少なかったです。慌てた回収したので、気に留めていませんでしたけど」

ロデリックはニヤリと笑った。どうやらこの展開を、思いきり面白がっている顔だ。

「つまりこの男は、窓から落下する前に既に死亡していたということになるわけだな？」

「そのとおりです」

「何っ？」

自分の推理を崩され、ローレンスは上擦った声を上げる。

「そんな馬鹿げた話があるものか。死人が女を乱暴し、窓から身を投げたとでも？　あるいは、あのフリンという男は、死体を窓から投げ捨てるほど、ピネを憎んでいたのか？いや、そもそもピネはどの時点で死んだのだ？」

「それを、今から調べたいんです。許可をいただければ、ですが」

「許可？　何をする許可だね？」

ジョアンの問いに答えたのは、遊馬ではなくヴィクトリアだった。

「ピネの死体を解剖する許可をです、我が君」

「な……ん、だって？」

驚くジョアンとローレンスのために、ヴィクトリアは淡々と説明した。

「ここにいるアスマは、死体を解剖し、死因を特定する名手です。必ずや、事件の真相を明らかにしてくれるでありましょう。それがフリンの無実を証明するものか否《いな》かはわかりませぬが、何もせず手を拱いているよりは遥《はる》かによいかと」

ジョアンとローレンスは、信じられないというように、遊馬の顔をしげしげと見た。

（僕、童顔だからなあ……。子供が何言ってんだって感じだよね。うう、信じてほしいんだけど）

遊馬は神妙に畏《かしこ》まる。

しばらく黙考していたジョアンは、まだ痩せた顔に戸惑いを残しつつもこう言った。

「それは、死体を傷つけるということだね？」

遊馬は素直にそれを認める。

「はい。皮膚を切開して、内臓を調べます。正直、頭部がグチャグチャなので、死因が脳にあった場合は、推測することしかできません。でも、それ以外の部位なら……！」

「なるほど。しかしそうなると問題は、フランク王国の許しなく、死体を損《そこ》ねたことをどう申し開きするか、だな」

ジョアンは考え込み、ヴィクトリアも、それについては有効な助言ができず、口を閉ざしたままでいる。

そのとき声を発したのは、ローレンス皇太子だった。

「ここに、アングレ、マーキスの皇太子と国王がそれぞれおるではないか」

「へ？」

ローレンスの発言の意図を理解できず、遊馬は目をパチクリさせる。

だがローレンスは、涼しい顔でこう言った。

「事件を正しく解決するため必要な措置《そち》であったと、我等が証言しよう。同意してくださるでしょうな、ロデリックどの」

ローレンスの申し出は、思慮《しりょ》深いロデリックにとっても、予想外のことだったらしい。相変わらずのポーカーフェイスだが、そこそこ長い付き合いになってきた遊馬には、彼がこの状況を楽しんでいるのがわかる。

「ローレンスどのがそう仰《おお》せならば」

「よし、決まった。我等が書状にて証言すれば、フランク王とて、ポートギースに難癖《なんくせ》はつけられぬ。マーキスとアングレを同時に敵に回すは賢明とは言えぬことだからな」

「あ……なるほど！　お二方がゴーサインを出したってことになれば、何とかなるんですね！　じゃあ……」

「今すぐやるがよい、アスマとやら。解剖《かいぼう》という手技にいささか興味がある。わたしも見物しよう」

ローレンスはそう言うと、青い顔で壁際に下がり、椅子《いす》に腰を下ろした。好奇心と恐怖心が相半ばしているようだが、皇太子として、ここは珍しい行為に立ち合い、見聞を広めようとしているのだろう。あるいは、社交界のゴシップの一つとして、決死の覚悟で大ネタを仕入れようとしているだけかもしれないが。

「だったら、今すぐご遺体を開けさせていただきます。こういうのは時間との勝負なので。

ご遺体がまだ傷んでいないうちに確かめたいんです。皆さんはここから出ていただくか、あるいはローレンス殿下のように、壁際に下がっていただきますように。クリスさん、お手伝いをお願いします」

「心得た」

クリストファーはすぐさまシャツの袖《そで》をまくり上げる。

王族の人々は、誰も退出しなかった。皆、邪魔にならないようにローレンスと並んで座しているが、身を乗り出して、遊馬の作業を詳細に見極めようとしている。

「では」

大事なメスを捧げ持って遺体に一礼すると、遊馬はメスをペンのように保持した。

そして、オトガイにメスの先端を刺し入れると、黄色い皮下脂肪《ひかしぼう》が見える深さで、頸部《けいぶ》、胸部、腹部と正中を切開していく。下腹部までメスを進めたら、今度は皮下脂肪を掬《すく》うように剝離《はくり》し、皮膚を左右に大きく広げる。

元いた世界のメスを手に入れて、この作業が飛躍的にスムーズになった。おかげで、解剖もずいぶんスピードアップできる。

「クリスさん、皆さんがいるので、今回は僕、手短かに、目当ての心臓だけを調べたいです。いきなり胸部を開けますね」

「相わかった。アレだな」

クリストファーは、あらかじめ持ち込んでおいた解剖用具の中から、打物の大きな鋏《はさみ》を取りだした。これはマーキスの鍛冶屋《かじや》が、遊馬の注文を受けて作ったものだ。

その大ぶりな鋏で、クリストファーは太い二の腕にものをいわせ、肋軟骨《ろくなんこつ》をバキバキと切断する。

胸骨を鎖骨《さこつ》から切り離す力仕事も、クリストファーの領分だ。

やがて胸骨と肋骨《ろっこつ》の一部がひとかたまりに取り外され、胸腔《きょうこう》内部が露出した。

最初は恐怖におののいていたジョアンとローレンスだが、元がタフな世界の住人だけに、少しずつ慣れてきたのか、その頃には立ち上がり、背伸びまでして、遊馬の手元を眺めるようになった。

作業をそこまで進めたところで、遊馬はいったん手を止め、一同を呼び寄せた。

そして、説明しながら続きの作業をする。

「この、胸の両側にあるのが肺。呼吸をするところですね。そして、真ん中にあるこの白い袋の中にあるのが心臓。白い袋は心嚢《しんのう》といって、心臓を守る役割をしています。ところが今回はこれが……」

そう言うと、遊馬はメスで、線維《せんい》性の丈夫な膜《まく》である心嚢をぷつりと切り開いた。途端に、大量の血液が胸腔内に溢《あふ》れ出す。

　見ていた一同の口から、驚きの声が上がった。

「これは！　どういうことかね、アスマ」

「本当は、司法解剖ならこの血は全部掬って、量を量らないといけないんですけど、ここは省略ってことで。教授に見られたら、雑だって怒られるなあ……」

　ぼやきながらも、遊馬は露出した心臓の表面を、濡らしたタオルでそっと拭いた。そして、「あった！」とどこか嬉しそうに言うと、皆に心臓を指し示した。

「ここ、見てください。心臓に穴が空いているでしょう。そしてここ、心臓に栄養を与えている血管、冠動脈《かんどうみやく》がバキバキに硬くなっています。これは動脈硬化《どうみやくこうか》という現象です」

　ローレンスは、青い顔でかぶりを振る。

「アスマとやら。そなたの申すことがさっぱりわからぬ」

「あっ、すみません。業界用語を使いすぎました。つまり、ですね。心臓を養っていた血管が、病気で詰まってしまったんです。それで、酸欠になった心臓の一部が死んで、穴が空いてしまいました」

　ロデリックは、尖った顎《あご》を撫《な》で、ふうむと感心したような声を漏《も》らした。

「心の臓は、人の血液を送り出すものだ。そこに穴が空けば……」

「はい、そこから拍動のたびに血が噴き出して、この心嚢という袋の中に詰まります。やがて袋はパンパンになって、外から心臓を握りつぶす状態になるわけです。僕たちはそれを心タンポナーデって呼ぶんですけど、まあそれはどうでもいいや」

「つまり？」

ローレンスの催促《さいそく》に、遊馬は、ピネの局部を覆《おお》っていた布を取り外した。ピネのいささかお粗末としか言い様のない陰茎《いんけい》は、僅《わず》かに勃起《ぼっき》している。

「死後、時間経過と共に解消されてきていますけど、死亡直後はもっときっぱり勃起状態だったんだと思います。ピネ氏は、あの奴隷《どれい》の女性に乱暴しようとして、大いに興奮したんでしょう。それで心拍数が……ええと心臓の動きが激しくなって、酸素をたくさん必要とする状態になりました。しかし、血管が硬く細くなっているので、十分な酸素を得られず、組織が死んで穴が空いたわけです。そしてそこから噴き出す血でみずから心臓を圧迫し、拍動を止めて死に至った。これだけ大きな穴が空いていれば、経過はほんの数分だったと思います」

ロデリックは、心臓の穴をしげしげと覗《のぞ》き、「なるほど」と頷いた。

「この男が窓から落ちたのは何故かわからぬが、落ちる前に既に死んでいた、つまり病死であるわけで、殺害されたわけではないのだな？」

「はい！　業界用語で敢《あ》えていえば、直接死因は心タンポナーデ、その原因は心筋梗塞《しんきんこうそく》、その原因は動脈硬化。完璧《かんぺき》に病死パターンです」

医学用語の意味は完全に理解することができなくても、遊馬が確信を持って病死と断定したことは、皆、理解できたようだった。

ヴィクトリアはそっと胸を撫で下ろし、ジョアンも、貧弱な撫で肩からさらに力を抜いた。

「では、フリンは……」

「フリンさんが何故あんな供述をしたのか、真相はどこにあるのか、あの女性が口をきけない以上、彼に問い質《ただ》すしかありません」

遊馬は、自分とクリストファーでフリンの尋問をするつもりでそう言ったが、またもやローレンスが、「ならば、すぐにその者を取り調べようではないか」と言い出した。

何故かはわからないが、彼は事件解決に驚くほどの熱意を持っているようだ。ロデリックは、そんなローレンスをひたすら面白そうににやついて眺めている。

ヴィクトリアとジョアンは、不思議そうな面持《おもも》ちであったが、ローレンスの申し出はありがたいことこの上ない。結局、場所を移し、皆でフリンの話を聞くことになった。

そんなわけで、いきなり国王の執務室に引き立てられたギルバート・フリンは、最初、あまりに恐れ多いとガチガチに硬直し、ひたすらジョアンに詫《わ》びた。

だが、遊馬がピネの解剖結果を伝え、彼が病死であることを伝えると、少し冷静さを取り戻し、一列に椅子に掛けた四人の王族の顔を、恐る恐る順番に見た。

後ろ手に縛《しば》られ、両膝を地面についた姿勢のフリンは、傍らに立った遊馬の顔を見上げ、縋《すが》るように問いかけた。

「ならば、アスマどの。あの人にかけられた嫌疑は」

「はい。あの女性は、ピネ氏を殺害してはいません。だけど、きっと目の前で突然、自分に乱暴しようとしていた男が苦しみ出して、驚いたでしょうね。怯《おび》えたと思います。もし、彼女がピネ氏から逃れようと暴れて、弾みで彼を窓から落としてしまったのだとしても、それは仕方のないこと……」

「……いいえ」

遊馬はさりげなく女性を庇《かば》う発言をしようとしたが、フリンは静かにかぶりを振った。

そして、ジョアンを見て、深く頭を下げた。

「陛下。お心を煩《わずら》わせていること、まことに申し訳ございません。ですが、あの人は……あの人は、皆皆様が思っておられるより、心根の優しい人なのです」

ジョアンはヴィクトリアと顔を見合わせ、フリンに穏やかに問いかける。

「わたしへの気遣いは無用だ。皆様がたに、包み隠さず真実を話しなさい」

ピネの従者に乱暴をされたときに負った傷だろう、額に滲《にじ》む血を拭きもせず、フリンはひたむきに訴えた。

「自分は、あの人をひと目見たときから、魂を奪われました。あのように美しい人が、この世にいるのかと。信じられませんでした。だからこそ、あの人を乱暴に扱うピネが許せなかった。引き離された後も、あの人のことが心配で、ピネに酷《ひど》い目に遭《あ》わされるのではないかとただもう心配で、客室の前まで物陰に隠れて近づきました。そうしたら部屋の中から、あの人の悲鳴が聞こえたのです。悲痛な、誰も助けに来てくれないことを悟っている、何もかも諦めたような、そんなか細い悲鳴でした」

クリストファーは、気の毒そうにフリンに前に片膝をついて話しかけた。

「それであんた、従者たちをぶっ倒して中に飛び込んだんだな？　首を絞《し》めて意識を失わせたんだろう？　どこで覚えた、そんな技」

フリンは、その問いにも悪びれず答えた。

「出稼《でかせ》ぎ先で苛《いじ》められて、食らった技を使っただけです。上手《うま》くいったんで、驚きました。……でも首尾《しゅび》良く中に入れて、本当は様子を窺《うかが》うだけのつもりが、彼女の悲鳴がますます胸に迫って、我慢できなくなりました。浅はかですが、あの人を奪って、連れて遠くまで逃げようと……お許しください」

ジョアンは、鷹揚《おうよう》に頷《うなず》く。

「そういう衝動が訪れるほど愛せる人がいるというのは、おそらく幸せなことだ。フリン、詫びずともよい。そして、そなたは何を見たのだ？」

「ベッドの上で、ピネが胸を押さえ、苦しんでいました。あの人は、自分を手荒く扱った男を、介抱しようとしていたのです。しかし、いっそう苦しげに呻《うめ》いたピネは、薬でも取りに行くつもりだったのでしょうか。ベッドから下りたところで全身を硬直させ、倒れました。倒れた先に生憎《あいにく》、窓があり……」

「窓が開いて、ピネの身体《からだ》は落下した……と」

「そのとおりです。誓って、あの人は何もしていません」

フリンの顔は真剣そのもので、とても嘘をついているようには思えない。彼の供述は、解剖所見とも合致する。

だが、問題はあと二つある。

女性の胸の傷と、フリンが持っていた短剣だ。

それについてジョアンが問い質《ただ》すと、フリンは再び頑《かたく》なになった。

「あの人を刺したのは、自分です。お願いです。あの人を自分が刺し殺したことにして、あの人を自由にしてやってください。自分は、どうなっても構いません」

ローレンスは、わざとらしく嘆息《たんそく》し、皮肉っぽい口調でフリンを揶揄《やゆ》する。

「とんだ自己犠牲だな。だがそれでは、お前は意中の女を手に入れることができぬではないか。命の失い損だとは思わぬのか？」

それに対するフリンの返事は、あまりにも純粋だった。

「構いません。あの美しい人が、この世界で自由に生きている。そう思っただけで、自分は幸せです。その姿を想像して、幸せに死んでいけます」

「……そう死に急ぐでない。アスマ、これについても、君には言うべきことがあるのだろうね？」

ジョアンに期待を込めて問われ、遊馬は頷いた。

「はい。フリンさん、僕、気付いてしまったんです。あの女の人の胸の刺し傷、あまりにも浅かった。男性で、薪を軽々投げ飛ばせるあなたが刺したなら、もっと深く刺さっていたはずです。しかも、その傷の周囲に四つ、さらに浅い、短剣の先でちょんと突いただけの刺創《しそう》がありました。それを僕ら、逡巡創《しゅんじゅんそう》と呼ぶんです。つまり、躊躇《ためら》い傷ですね。自殺の典型的な所見です」

「そ、それはっ」

フリンは焦り、クリストファーは少し驚いた顔で遊馬を見た。

「つまり、あの女性は、自ら死のうとしたということか？」

「おそらく、ピネの死の責任を自分が負わされ、また恐ろしい目に遭わされると思って絶望したんでしょう。それで短剣で死のうとしたものの、怖くてなかなか深く刺せなかった。フリンさんはそれを止めようとして、短剣を奪い取った。でも、その寸前に刺した傷がやや深かったものだから、女性は痛みと衝撃で気を失って、それを見たフリンさんは、彼女が自殺してしまったと思ってあんなに放心してたんですね」

遊馬の謎解きは、どうやら正解だったようだ。

フリンはガックリと肩を落とし、「どうか、自分が殺したことに」と繰り返した。

真実が明らかになったところで、フリンにとってそれは嬉しいことではなかったのだ。

それに気付いて、遊馬はそれまでの高揚感が、穴の空いた風船のようにしぼんでいくのを感じた。

「あの……あの女の人、元気になったらどうなるんでしょうか」

恐る恐る訊ねた遊馬に、ヴィクトリアが答える。

「ピネが死んだとはいえ、あの女性はピネ商会の財産ということになる。今のままでは、引き渡さざるを得ぬだろうな。また、いずこへか売られてゆくのであろう」

「……ッ」

フリンが大きく背中を震わせる。俯き、食いしばった歯の間から、こらえきれない嗚咽が漏《も》れた。

「フリンさん……」

（どうにかならないんだろうか。フリンさんに殺人の濡《ぬ》れ衣《ぎぬ》を着せずに、あの女の人も助けてあげる方法……何か……）

遊馬が脳をフル回転させていたとき、「自死でよいではないか」とけろっと言い放ったのは、やはりローレンスだった。

「は⁉」

遊馬はさすがに意表を突かれ過ぎて、素《す》っ頓狂《とんきょう》な声を出してしまった。その表紙に、大事な眼鏡《めがね》が鼻筋をズルリと滑り落ちる。

ローレンスは、馬鹿馬鹿しいと言わんばかりにロデリックを見た。

「わたしとロデリックどのの証言に、その奴隷女が自死したと書き加えれば、ピネ商会など何も言えまい。何をさように辛気《しんき》くさく考え込む必要があるのだ。でありましょうや、ロデリックどの」

ロデリックは、渋い顔で腕組みし、考える素振りをしてから、いかにもいやいやという風で返事をした。

「……まあ、ローレンスどのがそれほどまでに仰《おお》せであれば、嘘偽りは我が主義に反するものの、協力せぬでもない」

「ということだ。これにてすべて一件落着だな」

ローレンスはそう言ってパンと一つ手を打った。

「女の傷が治癒《ちゆ》した折には、この国で共に暮らすがよかろう。なに、事態が知れたところで、かようなところまで再び奪取しに来る愚か者はおるまい。辺境の雪国に、南国の女がひとり紛《まぎ》れているなど、なかなか面白き眺めではないか」

そう言って愉快そうに笑ったローレンスの手を取り、ジョアンは心からの感謝の言葉を述べた。

「ローレンスどの。そしてロデリックどの。わたしの家臣に対するご厚情、わたしは生涯《しょうがい》忘れません。ご恩を返す機会があるやなしや、それはわかりませぬが、いつかお返ししたいと心より念じてこれよりの日々を暮らします」

「ありがたき……勿体《もったい》なきことで……ッ」

悲しみの涙が喜びの涙に変わり、フリンは縛られたままでおいおいと声を上げて泣き始める。

そんな彼にもらい泣きするクリストファー、ポーカーフェイスを崩さないロデリックと、そんな兄を悪戯《いたずら》っぽい笑顔で見つめるヴィクトリア……どこかあたたかな、不思議な連帯感に満たされた空間で、遊馬はようやく大役を果たし終えた実感がこみ上げ、思わず床に大の字になった……。

翌日、今回の「マチアス・ピネ変死事件」についての証言を立派な羊皮紙《ようひし》にしたためたローレンスは、ロデリックに先んじて帰途に就《つ》くこととなった。

城の前にアングレ王国の紋章入りの馬車が横付けになり、さて皆でローレンスを見送ろうというところで、ヴィクトリアが突然、馬車に乗り込もうとした彼を呼び止めた。

「ヴィクトリアどの？　何か？」

訝《いぶか》しげに振り返ったローレンスに、ヴィクトリアはちょっと怖い顔でこう言った。

「黙ってお見送りしようと思うておりましたが、やはり腑《ふ》に落ちませぬ。何ゆえ、今回、貴殿はさようなまでに我等に便宜《べんぎ》を図ってくだされたのか。よもや、純粋なる善意より、とは仰せにはなりますまい？」

「ヴィクトリア。何もそのように追及せずとも……」

「いいえ、我が君。かようなことは、ハッキリさせておいたほうがようございます」

ジョアンは小声で窘《たしな》めようとしたが、ヴィクトリアは引き下がろうとはせず、青空と同じ色の瞳でローレンスの顔を見据える。

意外なことに、ローレンスは、ほんの数秒で、すい、と視線を外した。

どうやら、今回のやたらに協力的な態度には、本当に裏があったらしい。

（あれ。マジでそうだったの？）

遊馬とクリストファーは、やっぱりそうなのかと目配せし合う。

ジョアンは戸惑うばかりだし、キャスリーンも不思議そうにしているが、ロデリックだけが、服のたっぷりした袖《そで》で顔を隠し、笑いを噛《か》み殺している。

（ロデリックさんが、滅茶苦茶《めちゃくちゃ》悪い顔してる。なんか、見当がついてるんだな。でも何が目的なんだろ）

遊馬は、ロデリックとローレンスの顔を交互に見比べ、首を捻《ひね》る。

ローレンスは、決まり悪そうに視線を虚空に彷徨わせ、神経質そうな顔を片手で擦りながら言った。

「我が父たるアングレ王が、ロデリックどのやヴィクトリアどの御身と御心を大いに煩わせたこと、また、我が弟ジェロームの、キャスリーン姫への非礼も聞き及んでおるゆえ、わたしがそれらの事柄につき、ささやかな贖罪《しょくざい》を試みた……とは」

「思えませぬ」

　ヴィクトリアの返答には、微塵《みじん》の容赦《ようしゃ》もない。

「なれば、いけすかぬフランク王国の、しかも品性下劣《げれつ》な商人の命に、清廉《せいれん》な若人《わこうど》と美しき異国の女二人分の命は過ぎる犠牲だと思うたということにしては如何《いかが》か」

　ヴィクトリアは、わずかに視線を和らげた。

「それは確かに、ある程度は納得のゆくお話」

「で、あれば」

「されど、次期アングレ国王たる貴殿が、偽証まで申し出てくだされたこと、尋常《じんじょう》の振る舞いとは思えませぬ。いったい、何をお考えなのか、ご本心をお聞かせくださりませ」

　なおもきつく追及され、皆に注目されて、ローレンスはついに諦めたのか、晴れ渡った空を見上げてひとつ息を吐いた。

「ここに参ったのは、父王の命に従ったまで。正直を申せば、気は進みませなんだ。されど、父王の老いた心に、なおあれほどの欲の炎を生んだ姫王子の美貌《びぼう》とはいかほどのものか、この目で見たくもあり、侵略する値打ちもないと悪《あ》し様に言われる山国ポートギースとはいかなる地か、見物したくもあり申した」

　ローレンスはやけに淡々とそう言い、複雑な感情を顔じゅうで表現しつつも微笑《ほほえ》みを浮かべたままのジョアンと、冷ややかな視線を投げかけてくるヴィクトリアを順番に見て、「無礼は重々承知の上。されど本心を述べよとヴィクトリアどのが仰せであったゆえ」と付け加えた。

それに嚙みついたのは、キャスリーンである。

それまでは、尊敬するロデリックが黙って成り行きを見守っているので、子供である自分が出る幕ではないと自覚したのだろう、珍しく無言で控えていた少女だが、やはり我慢仕切れず、歯切れよく怒りの言葉を投げかけた。

「すぐそうやって失礼なことを言う！　せっかく、フリンとあの女の人を助けてくれて、ホントは良い人だと思ったのに！」

「それだ！」

キャスリーンの暴言に怒り出すと思いきや、ローレンスはいきなり笑顔になり、キャスリーンに視線を据えた。

「……何？」

キャスリーンは不気味がって半歩下がり、ジョアンの腕にしがみつく。ジョアンも、当惑しつつ、突然朗《ほが》らかになったローレンスを見た。

「ローレンスどの。娘の重ね重ねの無礼はお詫《わ》びするが、いったい……」

「詫びなど要らぬ。ジェロームの目は節穴《ふしあな》よ。不細工《ぶさいく》な山猿と言うておったゆえ、いかほど醜《みにく》い王女がおるのかと思うて来てみれば、キャスリーンどのは山猿などではない。まるでヤマネコの仔だ」

そのたとえに、キャスリーンはキョトンとして父と遊馬の顔を何度も交互に見た。

「ねえ、今の、私、貶《けな》された？　褒《ほ》められた？　山猿じゃなかったのはいいけど、ヤマネコの仔って……いいもの？」

「ごく控えめに言って、僕が動画で見た知識では、死ぬ程可愛《かわい》い生き物ですよ。たとえとしては最上級だと思います」

遊馬の囁《ささや》きを聞きつけて、ローレンスは熱っぽく同意した。

「さよう、目も心も奪われるほど愛らしい生き物だ。姫のその伸びやかさ、歯に衣着せぬ物言い、すぐ爪を出す凶暴性……まさにヤマネコの仔。最初こそとんだ田舎娘《いなかむすめ》だと思うたが、賢さと心の強さが見えてくるにつれ、たまらなく愛《いと》おしく、魅力に溢《あふ》れておられる。姫に人の道を説《と》かれた折、欲と疑念に凝《こ》り固まった心が、清き水に濯《そそ》がれる心地がした。あのような想いは、これまでの人生で一度も味わったことがない」

「……えっ？」

それは、キャスリーン本人ではなく、父親のジョアンの口から出た声だった。

よもや、お転婆《てんば》で知れ渡った娘が、大国アングレの皇太子からそんな風に大絶賛される日が来るなど、彼は想像だにしていなかったのだ。

「キャスリーン姫がまだ幼くあらせられることは重々承知しております。ゆえに、これよりは、恋文をお送りすることをお許し願いたい。姫が如何様《いかよう》に成長なされるか、楽しみでならぬ」

「こ……恋文」

呆然《ぼうぜん》とするジョアンをよそに、キャスリーンはローレンスの前にツカツカと歩み寄った。

「殿下は、私が好きなの？」

その直球極まりない質問に、ローレンスも実に優雅に一礼して答える。

「実に愛おしいと思うておる。あと三年、いや四年待ち、求婚したいと」

「待って。私、この国を継ぐのよ？　殿下もアングレを継ぐんでしょう？　無理だわ」

言わばプレプロポーズとも言うべきローレンスの意思表明に、キャスリーンは実に現実的な返事をし、ジョアンは目を白黒させるばかりである。

だがロデリックは、そんなキャスリーンの肩に手を置き、淡く笑ってこう言った。

「そう決めつけずともよいではないか。そなたは既に、わたしとフランシスの庇護《ひご》を得ておる。その上、アングレ皇太子の心をも得れば、あるいはそなたは、この界隈《かいわい》では最も強き者になれるやもしれぬぞ」

「でも、ロデリック伯父上」

「先のことは、先で考えればよい。それともそなたは、ローレンスどのが嫌いか？」

そう問われて、キャスリーンは男のように腕組みして、突っ立ったまま考えこみ始めた。

ローレンスは勿論《もちろん》、皆、息を殺して少女の結論を待つ。

やがて腕組みを解いたキャスリーンは、ニコッと笑ってローレンスの顔を見上げた。

「嫌なヤツって思ってたけど、最終的には、とってもいいことをしてくださったわ。ずっとそんな風でいてくれるなら、まずはお友達になりましょう」

「お友達」

拍子抜けしてオウム返しするローレンスの手を握り、キャスリーンは大きく頷《うなず》く。

「そう、お友達。アスマが最初のお友達。殿下が二人目よ」

「……二番手というのは、いささか気に食わんが、まあよい」

遊馬をジロリと睨《にら》んでそう言うと、ローレンスは身を屈め、キャスリーンの額に礼儀《れいぎ》正しいキスを落とした。

「されば、友情の文が恋文に変わる日まで、我が日々の行いを、姫にご報告致そう。読んでいただけるかな」

「勿論！　私もお返事を書くわ。会いに行く……のはちょっと難しいから、会いに来てくださる？」

「無論、お父上のお許しがあれば」

そう言って、ローレンスは期待の眼差《まなざ》しをジョアンに向ける。ヴィクトリアが優しい顔で頷くのを確かめたジョアンは、「娘の良き友として、いつでもお訪ねください」と言い、ようやく笑顔になった。

ポートギース国王ジョアンの結婚式は、思わぬ事件と、思わぬ収穫《しゅうかく》を得て、こうして大成功に終わったのだった……。

※この作品はフィクションです。実在の人物・団体・事件などにはいっさい関係ありません。

集英社オレンジ文庫をお買い上げいただき、ありがとうございます。
ご意見・ご感想をお待ちしております。

●あて先
〒101-8050　東京都千代田区一ツ橋2-5-10
集英社オレンジ文庫編集部 気付
椹野道流先生

時をかける眼鏡

王の決意と家臣の初恋

集英社
オレンジ文庫

2018年1月24日　第1刷発行

著　者　椹野道流
発行者　北畠輝幸
発行所　株式会社集英社
〒101-8050東京都千代田区一ツ橋2-5-10
電話【編集部】03-3230-6352
【読者係】03-3230-6080
【販売部】03-3230-6393（書店専用）
印刷所　大日本印刷株式会社

※定価はカバーに表示してあります

ISBN 978-4-08-680168-3 C0193